KB181193

일본문학 컬렉션 **05**

오래된
서랍 속의 꿈

일본문학 컬렉션 **05**

오래된
서랍 속의 꿈

다자이 오사무·아쿠타가와 류노스케·나카지마 아쓰시·미야자와 겐지
니이미 난키치·오가와 미메이·아리시마 다케오·유메노 규사쿠 지음

안영신·박은정·서홍 옮김

작가와비평

차례

다자이 오사무

텃밭의 속사정
달려라 메로스

서홍 옮김

다자이 오사무(太宰治 1909~1948)

아오모리현 기타쓰가루의 대지주 가문에서 출생하였으며 본명은 쓰시마 슈지이다. 히로사키 고등학교 재학 시절, 당시 유행하던 프롤레타리아 문학의 영향을 받았지만 신분과 사상 사이에서 좌절하고 약물 중독과 자살 미수를 반복하다 39세에 애인과 함께 생을 마감하였다. 자기파멸형의 사소설 작가로, 무뢰파 소설가로 분류된다. 심각한 내용부터 가볍고 유머러스한 내용까지 다양한 작풍의 작품이 존재하며, 작가의 삶의 궤적과 함께 작품은 일반적으로 3기로 나뉜다. 약물 중독, 자살 충동, 기성 문단과의 갈등 속에서 고민하던 작가의 고뇌를 드러낸 문체가 현대의 젊은이들에게 '마치 블로그의 문체 같다'라는 평가를 받으며 여전히 사랑받고 있다. 대표작으로 「사양」, 「뷔용의 아내」, 「인간실격」, 「앵두」 등이 있다.

텃밭의 속사정

우리 집에는 여섯 평 정도 되는 텃밭이 있다. 솜씨 없는 아내가 거기다 이것저것 식물을 아무렇게나 빽빽이 심었다. 언뜻 봐도 아주 엉망이다. 보기에도 민망한 생김새의 식물들이 작은 소리로 속삭이는데, 나는 그걸 재빨리 받아 적는다. 사실 나는 그들의 소리를 알아들을 수가 있다. 그렇다고 프랑스 소설가 쥘 르나르* 씨의 흉내를 내는 건 아니다. 그들의 소리를 어디 한 번 들어 보실 텐가.

---

* 프랑스의 소설가. 「홍당무」라는 작품으로 유명하다.

옥수수와 토마토

"이렇게 키만 크고, 정말 너무 창피해. 이제 곧 열매를 맺어야 할 텐데. 뱃심이 없어서 배에 힘을 줄 수가 없으니 다들 내가 갈대라고 생각할 거야. 에라, 모르겠다. 될 대로 되라지. 토마토 씨, 저 좀 기대게 해 주세요."

"뭐야, 뭐지? 대나무잖아."

"그거 설마 진담은 아니시죠?"

"그렇게 낙심할 거 없어. 여름을 타서 그런 거니까. 세련돼 보이잖아. 이 집 주인은 당신이 파초를 닮았다던데. 그래서 마음에 드는 모양이야."

"그건 잎만 무성하다고 비웃는 거잖아요. 이 집 주인은 정말 뭐든 대충 대충한다니까요. 난 이 집 안주인이 가엾어요. 최선을 다해서 나를 돌봐 주시는데 나는 키만 자라고 살이라고는 전혀 안 찌니. 토마토 씨는 그래도 열매를 맺은 것 같네요."

"흠... 뭐 그럭저럭. 난 태생이 본래 천박해서 그냥 내버려 둬도 열매를 맺거든. 그렇다고 우습게 보진 마. 이래 봬도 안주인이 날 마음에 들어 하니까. 이것 봐. 이 열맨 내 알통이야. 보라고. 힘을 꽉 주면 이렇게 주렁주렁 열매가 열리거든. 좀 더 힘을 주면 열매가 빨개지지. 이런, 머리가 좀 흐트러졌네. 이발 좀 해야겠군."

호두 묘목

난 고독하지만, 자신 있다. 왜냐면 난 대기만성형이다. 빨리 송충이가 타고 올라올 수 있는 신분이 되고 싶다. 그럼 오늘도 고매한 명상에나 잠겨보련다. 내가 얼마나 고귀한 태생인지 아무도 모를 거다.

자귀나무 묘목

호두 쟤 뭐래? 투덜이가 틀림없다니까. 불량소년 같아. 내가 꽃을 피우면 아주 징그럽게 말을 걸어댈 거야. 조심해야겠어. 어머! 내 엉덩이를 간지럽히는 거 누구니? 뭐야, 이웃집 호두 꼬맹이잖아. 어라, 아직 어린 게 뿌리가 제법 뻗었네. 고매한 명상이라고? 맹랑한 녀석 같으니라고. 아는 척 말아야겠어. 얼른 잎을 접고 잠든 척 해야지. 비록 지금은 이파리가 딱 두 장 밖에 없지만 5년만 지나면 난 아름다운 꽃을 피울 거라고.

홍당무

이건 정말 말도 안 돼. 난 쓰레기가 아니라고. 이렇게 보여도 홍당무 싹이라니까. 한 달이 지났는데 아직 1센티도 안 자랐어. 한 달 전이랑 달라진 게 없잖아. 아, 난 영원히 이대로 안 자랄 건가 봐. 이렇게 볼품없는 채로. 차라리 누가 나를 좀 뽑아 버려 주세요. 다 포기했어. 아하하하, 실없이 웃음만 나오는군.

무

문제는 땅이라고요. 완전히 돌투성이라니까요. 이래서는 나의 이 하얀 다리를 마음껏 뻗을 수가 없다고요. 다리가 완전히 털복숭이가 돼버렸잖아요. 차라리 우엉인 척 해야겠어요. 그래요. 그냥 다 포기할래요.

목화 묘목

지금은 이렇게 작아도 머잖아 한 장의 방석이 된대요. 정말일까요? 왠지 헛웃음이 나오네요. 비웃지 말아 주세요.

수세미

그러니까, 이렇게 해서 이렇게 감아 올라가면 되는 건가. 어딘지 불편한 울타리라니까. 타고 올라가는 게 너무 힘이 드는 걸. 하긴 이 울타리를 만들 때 이 집 남편과 부인이 부부싸움을 했으니까. 부인이 재촉하는 바람에 바보 같은 남편이 마지못해 심각한 표정으로 이 울타리를 만들었지. 하지만, 너무 솜씨가 없어서 아내가 웃음을 터트리니까 땀범벅이 된 남편이 화를 내며 말했잖아. "그럼 당신이 해, 수세미 울타리 같은 건 사치품이라고. 난 살림을 늘리는 게 싫어. 우린 그럴 처지가 아니라고." 분위기를 깨는 그런 말을 꺼냈잖아. 그러자 아내도 태도를 바꾸어 애원했지. "그건 저도 알고 있어요. 하지만 수세미 울타리 정도는 있어도 된다고 생각해요. 비록 가난한 집이지만 수세미 울타리라도 생기면 왠지 기적이 일어난 것 같아서 멋지잖아요. 우리 집에도 수세미 울타리가 생기다니 얼마나 좋은지 몰라요." 그래서 남편이 마지못해 이 울타리를 다시 만들었잖아. 아무래도 이 집 남편은 아내에게 너무 무른 것 같아. 아무튼 애써서 만들어 줬는데 제대로 못 쓰면 좀 미안할 것 같긴 한데.

어디 한 번 다시 해 볼까? 이렇게 가서 이렇게 감고 올라가면 될까? 아아, 진짜 형편없는 울타리군. 타고 올라갈 수 없게 만들었으니. 이래서는 의미가 없잖아. 난 불행한 수세미일지도 몰라."

장미와 파

이 텃밭에서는 누가 뭐래도 내가 여왕이야. 지금은 이렇게 몸이 더럽고 잎은 광택도 없지만, 이래 봬도 어제까지 열 송이가 넘게 계속 꽃이 피었잖아. 동네 아주머니들이 "어머 예쁘다." 감탄이라도 하면 이 집 주인은 그때마다 방에서 불쑥 나와서 아주머니들에게 꾸벅꾸벅 머리를 조아려 댄다니까. 난 그게 너무 부끄러워. 게다가 이 집 주인은 아무래도 머리가 나쁜 것 같아. 나를 아주 소중히 여겨 주긴 하지만 항상 엉뚱하게 손질을 한다니까. 또, 내가 목이 말라서 시들어 가면 어쩔 줄 몰라 허둥거리며 부인한테만 뭐라고 하고. 자긴 아무것도 못 하면서. 그러고는 진지한 표정으로 "흠, 이러면 될 것 같은데."라며 내 소중한 새싹을 똑똑 따버리는 짓을 한다니까. 미친 거 아냐? 정말 쓴 웃음만 나온다고. 머리가 나쁘니까 어쩔 수 없는 거겠지. 그때 새싹을 그렇게 자르지만 않았어도 난 틀림없이 꽃이 스무 송이는 피었을 텐데. 이젠 틀렸어. 꽃을 피우느라 온 힘을 다 써버려서 금방 늙은 거라고. 차라리 빨리 죽고 싶어.

"어머, 그런데 당신은 누구시죠?"

"나를 '용의 수염'이라고 불러 주시게나."

"파... 아니신가요?"

"이런, 들켰군. 시시하구려."

"무슨 말을 하시는 거예요. 아이고, 가늘기도 하셔라."

"부끄럽군. 땅의 덕을 볼 수 없는, 내 뜻을 펼 수 없는 세상이라면. 아니, 싸움에 진 장수이니 불평은 하지 않겠소. 그냥 이렇게 잠들겠소."

꽃이 피지 않는 수레국화

"시생멸법, 성자필쇠.* 차라리 둔갑해서 나갈까."

---

* 시생멸법(是生滅法) 성자필쇠(盛者必衰): 변하지 않는 것은 아무것도 없고, 성한 것은 반드시 쇠한다.

다자이 오사무　15

달려라 메로스

격분한 메로스는 반드시 저 포악무도한 왕을 제거하
리라 다짐했다. 목동인 그는 피리를 불며 양과 더불어
살았다. 그는 정치는 모르지만, 악에 대해서는 누구보다
도 민감했다.

오늘 새벽 고향을 떠난 메로스는 들판을 지나고 산을
넘어 고향에서 십 리나 떨어진 도시 시라크스에 도착했
다. 메로스는 아버지도 어머니도 없고, 아내도 없다. 가
족이라고는 같은 동네의 목동과 결혼을 앞둔 열여섯 살

된 수줍음 많은 여동생뿐이었다. 지금 메로스는 하나뿐인 여동생이 결혼식에서 입을 혼례복과 피로연 음식을 사러 멀리 도시까지 온 것이다.

필요한 물건을 산 메로스는 석공으로 일하고 있는 죽마고우 세리눈티우스를 만나러 도시의 번화한 거리를 천천히 걷고 있었다. 친구와의 오랜만의 만남이 무척 기대되었다. 그런데 걷는 동안 도시의 분위기가 왠지 이상하게 느껴졌다. 도시는 그야말로 쥐 죽은 듯이 고요했다. 이미 해가 졌으니 어두운 거야 당연했지만, 그저 어둡기만 한 것이 아니라 도시 전체가 이상하리만치 쓸쓸했다. 낙천적인 성격인 메로스였지만, 왠지 불안해졌다. 그래서 길을 가던 젊은이들을 붙잡고 물어보았다.

"2년 전에 왔을 때는 밤에도 다들 노래를 부르고 거리가 시끌벅적했었는데, 그 사이에 무슨 일이라도 있었소?"

그들은 고개를 저으며 대답하지 않았다. 잠시 걷다 노인을 만나자 이번에는 더 강한 어조로 물었다. 노인 역시 대답하지 않았다. 메로스는 양손으로 노인의 몸을 붙잡고 흔들면서 재차 물었다. 노인은 누가 들을세라 낮은 목소리로 숨죽여 대답했다.

"왕이 사람들을 죽입니다."

"네? 왜 죽이는데요?"

"자기한테 앙심을 품었기 때문에 죽인다는데...... 그런 앙심 따위 아무도 품은 적 없는데 말이죠."

"많이 죽였나요?"

"예, 처음에는 자기 여동생의 남편. 그리고 후계자. 이어서 여동생. 여동생의 아이. 황후. 그리고 충신인 아레키스님까지."

"말도 안 돼요. 왕이 미치기라도 한 건가요?"

"아니오, 미친 건 아닙니다. 사람을 믿을 수 없다네요. 요즘은 신하들까지 의심하기 시작해서 부유한 사람들에게는 인질을 한 명씩 보내라고 명령을 했습니다. 명령을 거역하면 십자가에 매달아 처형을 합니다. 오늘도 여섯 명이나 죽었습니다."

이 말을 듣고 메로스는 격분했다.

"기가 막히는군. 살려 둬서는 안 되겠어."

메로스는 단순한 남자였다. 장 본 물건을 짊어진 채 왕궁으로 걸어 들어갔다. 하지만 순찰 중이던 경비병에게 바로 붙잡혔다. 조사를 받던 메로스의 품에서 단검이 나와서 소동이 커졌다. 메로스가 왕 앞으로 끌려 나왔다.

"이 단도로 무슨 짓을 하려고 했는지 당장 고하라!"

폭군 디오니스는 조용하지만 위엄있는 목소리로 다그쳤다. 왕의 얼굴은 창백했고 미간의 주름은 새겨 넣은 듯이 깊었다.

"도시를 폭군의 손에서 구하려는 거요."

메로스는 조금도 주눅 들지 않고 대답했다.

"네가?"

왕은 가소롭다는 듯이 웃었다.

"가소로운 놈. 네깟 놈이 감히 나의 고뇌를 알기나 해?"

"입 다무시오!"

메로스는 격분해서 반박했다.

"사람의 마음을 의심하는 건 가장 부끄러운 악덕이오. 그런데 당신은 백성의 충성마저 의심하고 있소."

"의심해야 한다고 나에게 가르쳐 준 것이 바로 네놈들이다. 인간의 마음 따윈 믿을 게 못 돼. 인간은 본래 사욕 덩어리거든. 절대 믿으면 안 돼."

폭군은 차분히 되뇌더니 휴 한숨을 쉬었다.

"나 역시 평화를 원한다."

"평화? 누구를 위한? 그저 자신의 지위를 지키기 위한 것 아니오?"

이번에는 메로스가 비웃었다.

"죄 없는 사람을 죽이면서 무슨 평화를 원한다는 거요?"

"닥치거라, 비천한 주제에 감히."

왕은 재빨리 얼굴을 들고 반박했다.

"입으로야 얼마든지 잘난 척 할 수 있겠지. 하지만 난 인간의 마음속 깊은 곳까지 다 꿰뚫어 볼 수 있거든. 네 놈 또한 형틀에 매달리면 울며불며 살려달라고 하겠지. 하지만 그땐 이미 늦었다."

"아아, 왕이시여 스스로 그렇게 똑똑하다고 자만하기를. 나는 이미 죽을 각오를 하고 있으니. 목숨을 구걸할 생각 따위 없소. 다만……"

말을 하다 말고 메로스는 발밑으로 시선을 떨군 채 잠깐 주저했다.

"다만, 나에게 조금이라도 자비를 베풀려거든 처형까지 사흘만 시간을 주시오. 단 하나뿐인 동생의 결혼식만은 치러주고 싶으니. 고향에서 결혼식을 올리고 사흘 내로 반드시 돌아오겠소."

"웃기는군."

폭군은 갈라진 목소리로 낮게 웃었다.

"터무니없는 거짓말을 잘도 하는구나. 날아간 작은 새가 돌아온다는 건가?"

"물론이요. 반드시 돌아올 거요."

메로스는 필사적으로 매달렸다.

"나는 약속은 반드시 지키는 사람이요. 그러니 나에게 사흘만 시간을 주시오. 동생이 나를 기다리고 있소. 내 말을 도저히 믿을 수 없다면...... 좋소. 이 도시에 세리눈티우스라는 석공이 있는데 나의 둘도 없는 친구요. 그를 인질로 여기에 두고 가리다. 만일 내가 3일째 저녁까지 돌아오지 않고 도망쳐 버린다면 그 친구를 교수형에 처해도 좋소. 제발 내 청을 들어 주시오."

그 말을 들은 왕은 잔인한 미소를 띤 채 의기양양해하며 생각했다.

'건방진 놈 같으니라고. 어차피 안 돌아올 게 뻔해. 거짓말에 속은 척하면서 풀어주는 것도 재밌겠군. 3일째 되는 날 인질이 된 사내를 교수형에 처하는 것도 볼만하겠어. 인간들은 이래서 믿을 수가 없다니까. 좋아, 그럼 슬픈 얼굴로 인질을 형틀에 매달아 주지. 정직한 척하는

세상 모든 인간에게 한 방 먹여 주는 거야.'

"소원을 들어주겠다. 그럼 너를 대신할 자를 불러라. 3
일째 되는 날 해가 지기 전까지 돌아와야 한다. 만약 늦
으면 그 인질은 죽을 것이다. 아니, 좀 늦게 오거라. 네
죄는 영원히 용서해 줄 테니."

"무슨 말을 하는 거요?"

"하하하. 목숨이 아깝거든 천천히 오란 말이다. 네 마
음은 이미 다 알고 있으니까."

메로스는 너무나 분해서 그저 발만 구를 뿐이었다. 더
는 아무 말도 하고 싶지 않았다.

죽마고우 세리눈티우스는 한밤중에 왕궁으로 불려갔
다. 폭군 디오니스 앞에서 사랑하는 두 친구는 2년 만에
만났다. 메로스는 친구에게 모든 사정을 설명했다. 세리
눈티우스는 말없이 고개를 끄덕이고 메로스를 꽉 끌어
안았다. 둘 사이는 그걸로 충분했다. 세리눈티우스는 포
박을 당했고, 메로스는 바로 출발했다. 초여름, 별이 가
득한 밤이었다.

메로스가 한숨도 안 자고 십리 길을 걷고 걸어서 고향
에 도착한 것은 다음날 오전이었다. 해는 이미 높이 떴
고 마을 사람들은 들에 나가 일을 하고 있었다. 메로스

의 열여섯 살 된 동생이 오빠 대신 양을 돌보고 있었다. 비틀거리며 걸어오는, 금방이라도 쓰러질 듯 피로에 지친 오빠의 모습을 발견하고는 놀랐다. 그래서 쉴 새 없이 오빠에게 질문을 퍼부었다.

"아무것도 아냐."

메로스는 억지로 웃음을 보였다.

"도시에 일이 있어서 바로 다시 가야 해. 내일 네 결혼식을 올리자. 빨리 하는 게 좋겠지?"

동생은 얼굴을 붉혔다.

"행복하니? 아름다운 옷도 사 왔어. 자, 이제 가서 마을 사람들에게 알리고 와라. 내일 결혼식을 한다고."

비틀거리며 집으로 걸어 들어간 메로스는 식장을 장식하고 축하연 자리를 정돈한 뒤 곧바로 침대에 쓰러져 깊은 잠에 빠져들었다.

잠에서 깨니 한밤중이었다. 메로스는 일어나자마자 새신랑의 집을 찾아가서 사정이 있으니 결혼식을 내일 올리자고 부탁했다. 신랑이 될 목동은 놀라서 그건 말도 안 된다며 아직 아무 준비도 안 됐으니 포도가 나는 계절까지 기다려 달라고 했다. 메로스는 기다릴 시간이 없으니 반드시 내일 식을 올려야 한다고 더욱 완고하게 밀어붙였다. 완강한 태도의 신랑도 좀처럼 뜻을 굽히지 않았다. 새벽까지 옥신각신하며 신랑을 어르고 달래서 간신히 설득했다. 결혼식은 한낮에 거행되었다. 신랑 신부가 신들 앞에서 결혼 서약을 끝냈을 무렵 검은 구름이 하늘을 덮었다. 한두 방울 떨어지기 시작한 비가 얼마 안 되어 모든 것을 쓸어갈 듯이 퍼부어댔다. 피로연에 참석한 사람들은 무언가 불길한 기운을 느꼈지만, 그래도 분위기를 띄우려고 좁은 집 안에서 후덥지근한 열기도 참으며 흥겹게 노래 부르고 손뼉을 쳤다. 얼굴 가득 미소를 띤 메로스도 잠시나마, 왕과의 약속을 잊을 수 있었다. 밤이 되자 축하연은 더욱 후끈 달아올라서 사람들은 쏟아지는 폭우 따위 전혀 신경 쓰지 않게 되었다. 메로스는 평생 여기 그냥 있고 싶다는 생각을 했다. 이렇게 아름다운 사람들과 계속 살고 싶었다. '하지만 이미 내 몸은 내 것이 아니다. 어쩔 수 없는 일이다.' 메로스는 스스로를 채찍질하며 마침내 출발을 결심했다. 내일 해가 질 때까지는 아직 시간이 충분하다. 한숨 자고 나서 바로 출발하기로 했다. 그때쯤이면 빗줄기도 가늘어질 것이다. 조금이라도 더 꾸물거리며 이 집에 머물러 있고 싶었던 것이다. 아무리 의지가 강한 메로스라 하더라도 미련이 남는 것은 당연하다. 행복에 취해 있는 신부에게 다가가 말했다.

"축하한다. 나는 너무 피곤해서 좀 쉬어야겠어. 잠이 깨면 바로 도시로 나가야 해. 중요한 일이 있거든. 이제 너에게는 좋은 남편이 있으니까 내가 없어도 외롭지 않을 거야. 오빠가 가장 싫어하는 건 사람을 의심하는 것과 거짓말을 하는 거야. 그건 너도 알지? 남편과의 사이에 어떤 비밀도 만들어서는 안 된다. 너에게 하고 싶은 말은 이게 전부야. 오빠는 훌륭한 사람이니까 너는 자부심을 가져도 돼."

신부는 꿈이라도 꾸는 듯이 고개를 끄덕였다. 메로스가 이번에는 신랑의 어깨를 토닥이며 말했다.

"준비가 안 된 건 우리도 마찬가지네. 우리 집에 보물이라고는 여동생과 양뿐일세. 다른 건 아무것도 없어. 그걸 전부 다 자네에게 주겠네. 그리고 하나 더 메로스의 매제가 된 걸 자랑스럽게 여겨 주게나."

신랑은 손을 맞잡고 수줍어했다. 메로스는 마을 사람들에게도 웃으며 인사를 하고 연회석을 떠났다. 양 우리로 들어간 메로스는 죽은 듯이 깊은 잠에 빠졌다.

눈을 뜬 건 다음 날 어슴푸레 동틀 무렵이었다. 벌떡 일어난 메로스는 생각했다. '이런, 늦잠을 잔 건가. 아니 아직 괜찮아. 지금 바로 출발하면 약속 시간까지 충분히 도착할 수 있어. 오늘은 반드시 왕에게 인간의 신의를 보여주자. 그리고 웃으며 교수대에 올라가는 거다.' 메로스는 침착하게 몸단장을 시작했다. 빗줄기도 조금 가늘어졌다. 준비도 끝났다. '그럼 어디 출발해 볼까.' 메로스는 힘차게 양팔을 쭉 뻗고는 빗속으로 쏜살같이 달려 갔다.

'나는 오늘 밤 사형을 당한다. 죽기 위해, 인질이 된 친구를 위해 달리는 거다. 왕의 간악함과 교활함을 깨부수기 위해 달리는 것이다. 달리지 않으면 안 된다. 그리고 나는 죽는다. 명예는 반드시 지켜야 하는 거다. 안녕 내 고향.' 젊은 메로스는 괴로웠다. 몇 번이나 멈춰 설 뻔했지만, 큰 소리로 "아니지, 안 돼."라고 자신을 꾸짖으면서 달렸다. 고향을 벗어나 들판을 가로질러 숲을 빠져나와 이웃 마을에 도착했을 무렵에는 비도 그치고 해도 높이 떠올라 슬슬 더워지기 시작했다. 메로스는 주먹으로 이마에 흐르는 땀을 닦으며 '이만큼 왔으면 됐어, 더 이상 고향에 대한 미련은 없다. 동생은 틀림없이 아름다운 부부가 될 거야. 나에게는 이제 어떤 미련도 없다. 곧바로 왕궁에 도착하면 되는 거다. 너무 서두를 필요는 없겠지. 이제 천천히 가자.'

본래 성격이 태평한 메로스는 멋진 목소리로 좋아하는 노래를 부르기 시작했다. 느긋하게 걸어서 도시까지 얼추 반 정도 왔을 때 메로스는 우뚝 멈춰 서야 했다. 어제 내린 폭우로 범람한 산 위 수원지의 물이 큰 강이 되어 바로 눈앞에서 흐르고 있었기 때문이다. 거친 탁류가 하류로 모이더니 순식간에 다리를 무너뜨렸다. 물은 너덜너덜해진 다리 난간에 부딪혀 사방으로 튀고 있었다. 그는 망연자실하며 멈추어 섰다. 이리저리 살펴보고 목청껏 소리를 질러 보지만 나룻배는 물살에 쓸려가서 흔적도 없었고, 사공의 모습도 보이지 않았다. 갈수록 기세가 더해지는 물살은 마치 바다 같았다. 메로스는 강가에 웅크리고 앉은 채 제우스를 향해 손을 들고 애원하며 울부짖었다.

"아아, 제발 이 미친 듯한 거친 물살을 잠잠해지게 해 주십시오! 시간이 자꾸 흘러갑니다. 해도 이미 중천에 떴습니다. 해가 지기 전에 왕궁에 도착하지 못하면 아름다운 제 친구가 저 때문에 죽게 됩니다.”

  탁류는 메로스의 외침을 비웃기라도 하듯이 더욱더 거세게 휘몰아쳤다. 물살은 물살을 집어삼키고, 소용돌이치며 거세지고, 시간은 점점 흘러갔다. 마침내 메로스는 결심했다. 헤엄쳐서 건너는 수밖에 다른 방법이 없었다. ‘아아 신들이여, 굽어 살피소서. 탁류에도 지지 않는 사랑과 믿음의 위대한 힘을 똑바로 보여주리라.’ 물속으로 풍덩 뛰어든 메로스는 수백 마리의 구렁이처럼 미친 듯이 휘감겨 오는 물살을 상대로 필사의 투쟁을 시작했다. 소용돌이치며 밀려오는 물살을 향해 “이까짓 것쯤이야.”라고 외치면서 온 힘을 다해 물살을 가르며 나갔다. 무모할 정도로 맹렬한 기세로 돌진하는 인간의 모습을 신도 가엾게 여겼는지 연민을 보여주었다. 떠내려가다가 마침내 맞은 편 강가의 나뭇가지를 붙잡을 수 있었다.

  “고맙습니다.”

  메로스는 몸을 부르르 떨고 바로 다시 걸음을 재촉했다. 일 초도 낭비할 수 없었다. 해는 이미 서쪽으로 기울기 시작했다. 헉헉 거친 숨을 몰아쉬면서 언덕을 오르고 올라서 한숨 돌린 순간 갑자기 그의 앞에 산적의 무리가 나타났다.

"거기 서라. 꼼짝 마."

"무슨 짓이냐? 나는 해가 지기 전에 왕궁에 가야 하니 당장 비켜라!"

"그럴 순 없지. 가진 걸 전부 놓고 가."

"내가 가진 거라고는 목숨밖에 없다. 그리고 그마저도 이제 왕에게 주려 한다."

"바로 그 목숨을 내놓으란 말이다."

"여기서 나를 기다리라고 왕이 명령했다는 건가?"

산적들은 아무 말 없이 일제히 몽둥이를 휘둘렀다. 메로스는 몸을 살짝 숙였다가 새처럼 날아 산적을 덮쳐서 몽둥이를 빼앗은 뒤 강하게 일격을 가하고 외쳤다.

"미안하지만, 정의를 위해서다."

메로스가 산적 셋을 순식간에 쓰러트리자 옆에 있던 자들이 주춤거렸다. 그 틈을 노려 메로스는 재빨리 언덕을 달려 내려왔다.

단숨에 언덕을 뛰어 내려왔으니 완전히 지친 데다 오후의 이글거리는 태양이 강하게 내리쬐는 탓에 메로스는 몇 번이나 현기증을 느꼈다. '지면 안 돼.' 정신을 차리고 비틀거리며 몇 걸음 걸어 보지만 결국 푹하고 무릎이

꺾였다. 일어설 수가 없었다. 분한 마음에 하늘을 우러러보며 울부짖기 시작했다.

"아아, 탁류를 헤엄쳐 건너고 산적을 세 명이나 무찌르며 여기까지 달려 온 메로스여. 진정한 용사, 메로스여. 그런데 지금 여기서 쓰러져 움직일 수 없다니 한심하구나. 사랑하는 친구는 너를 믿었는데 결국은 사형을 당하게 되었구나. 너는 정말 못 믿을 인간이다."

왕의 계략에 넘어갔다고 자책해 보지만 기력이 떨어져서 조금도 나아갈 수 없었다. 길가의 풀밭에 덩그러니 드러누웠다. 몸이 피로하면 정신도 함께 망가지는 법이다. '될 대로 돼라.' 용사에게는 어울리지 않는 자포자기하는 심정이 마음 한구석에 자리를 잡았다.

'나는 최선을 다했다. 약속을 깰 생각은 털끝만큼도 없었다. 그건 신들도 아실 거다. 나는 있는 힘껏 달렸다. 더 이상 꼼짝도 할 수 없을 때까지 달린 거다. 나는 절대로 못 믿을 인간이 아니다. 아, 할 수만 있다면 내 가슴을 갈라서 붉은 심장을 보여주고 싶다. 오직 사랑과 믿음이라는 피로만 움직이는 이 심장을. 그런데 이렇게 중요한 순간 나는 진이 다 빠져버렸다. 나는 너무도 불행한 남자다. 사람들은 나를 비웃겠지. 우리 집안 역시 비웃음거리가 될 거다. 나는 친구를 속였다. 중간에 쓰러지는 건 처음부터 아무것도 하지 않은 것이나 마찬가지다. 아아, 이제 아무래도 상관없다. 이것이 나의 정해진 운명이라면. 세리눈티우스여, 용서해 주게나. 자네는 항상 나를 믿었는데. 나도 자네를 속이지 않았고. 우리는 정말 아름다운 친구 사이였네. 서로의 가슴에 어두운 의혹의 그림자 따위 단 한 번도 품은 적 없는. 지금도 자네는 의심 없이 나를 믿고 기다리고 있을 거야. 아아, 그럴 게 분명한데. 고맙네, 세리눈티우스. 나를 믿어 주다니. 그걸 생각하면 견딜 수가 없군. 친구 사이의 믿음은 이 세상에서 가장 자랑할 만한 보물이니까. 세리눈티우스, 나는 최선을 다해 달렸네. 자네를 속일 생각은 털끝만큼도 없었어. 제발 믿어 주게나.'

'나는 서두르고 서둘러 여기까지 왔다. 탁류도 돌파했다. 산적의 무리로부터도 순조롭게 벗어나 단숨에 언덕을 넘어왔다. 나였기에 가능한 일이었다. 아아, 더 이상 나에게 기대하지 말기를. 나를 내버려 두게나. 아무래도 좋아. 나는 졌어. 한심하다고 비웃게나. 왕은 나에게 조금 늦게 오라고 속삭였다. 늦으면 인질을 죽이고 나를 살려 준다고 약속했지. 나는 왕의 비열함을 증오한다. 하지만 결국 나는 왕이 말한 대로 되었다. 나는 늦을 것이다. 왕은 비웃으며 나를 그냥 놓아 주겠지. 그렇게 된다면 나는 죽는 것보다 더 괴로울 거다. 나는 영원한 배신자다. 세상에서 가장 불명예스러운 인간이다. 세리눈티우스여, 나도 자네를 따르겠네. 자네와 함께 죽게 해주게나. 자네만은 틀림없이 나를 믿어 주겠지. 아니, 이것도 나 혼자만의 생각인가?'

'어차피 이렇게 된 거 배신자로 살아남을까? 고향에는 우리 집이 있고 양도 있다. 여동생 부부가 설마 나를 고향에서 쫓아내지는 않을 테니. 정의라는 둥 믿음이라는 둥 사랑이라는 둥 생각해 보면 별것도 아냐. 남을 죽이고 자기가 사는 거. 그것이 인간 세상의 이치가 아니던가? 아아, 모든 것이 어리석다. 나는 추악한 배신자다. 아무래도 상관없어. 다 끝났다.'

몸이 축 늘어진 채 꾸벅꾸벅 졸음에 빠져들었다.

그때 귓가에서 졸졸졸 물 흐르는 소리가 들렸다. 살짝 머리를 들고 숨을 들이마시며 귀를 기울였다. 바로 발밑에서 물이 흐르는 것 같았다. 비틀거리며 일어나 보니 바위 틈에서 퐁퐁퐁 맑은 물이 솟아나고 있었다. 그 샘물 속으로 빨려 들어가듯이 메로스는 몸을 굽혔다. 양손으로 물을 떠서 한 모금 마셨다. "휴." 깊은 숨이 나오더니 꿈에서 깬 것 같은 기분이 들었다. '걸을 수 있다. 가자.' 육체의 피로가 풀리자 작지만 희망이 생겼다.

'의무를 지킬 수 있다는 희망이다. 내 몸을 죽이고 명예를 지키는 희망이다. 기울어져 가는 태양의 붉은 빛이 나뭇잎마다 비치고, 잎도 가지도 타는 듯이 빛나고 있다. 일몰까지는 아직 시간이 있다. 나를 기다리는 사람이 있다. 조금도 의심 없이 조용히 믿어 주는 사람이 있다. 나를 믿고 있다. 내 생명 따위 문제가 아니다. 죽어서 사죄한다는 그럴듯한 말을 하고 있을 수 없다. 나는 믿음에 보답해야 한다. 지금은 그게 전부다. 달려라! 메로스.'

'나를 믿고 있다. 그는 나를 믿고 있는 거다. 아까 그 악마의 속삭임, 그건 꿈이다. 나쁜 꿈이었다. 잊어버리자. 온몸이 피로할 때 의지와 상관없이 그런 나쁜 꿈을 꾸는 법이다. 메로스, 너는 수치스러운 인간이 아니다.

역시 너는 진정으로 용감한 인간이다. 다시 일어나서 달리고 있지 않은가. 고맙다!'

'나는 정의의 사도로 죽을 수 있다. 아아, 해가 저문다. 점점 저문다. 제우스여 잠깐만. 나는 태어날 때부터 정직한 남자였습니다. 정직한 남자로 죽게 해 주십시오.'

행인들을 앞지르고 뛰어넘으며 메로스는 검은 바람처럼 달렸다. 들판에서 벌어지는 주연의 연회석 한가운데를 가로질러서 사람들을 놀라게 하고 개를 발로 차고 작은 내를 뛰어넘으며 조금씩 기울어 가는 태양보다 열 배나 빨리 달렸다. 한 무리의 여행자들과 스쳐 지나는 순간, 불길한 대화가 귓가를 스쳤다.

"지금쯤 그 남자도 형틀에 달렸을 거야."

'아아, 그 남자, 그 남자를 위해 나는 지금 이렇게 달리고 있는 거다. 그 남자를 죽게 해서는 안 된다. 서둘러라, 메로스. 늦으면 안 돼. 사랑과 믿음의 힘을 지금이야말로 보여주어야 한다. 겉모습 따위 아무래도 상관없다.'

메로스는 지금 거의 벌거벗은 상태였다. 숨도 쉴 수 없는 데다 두 번, 세 번 입에서 피가 솟구쳤다. 드디어 나타났다. 멀리 저편에 도시 시크라스의 탑이 조그맣게 보였다. 탑은 석양을 받아 반짝반짝 빛나고 있었다.

"아아, 메로스님." 신음하는 듯한 소리가 바람 소리와 함께 들렸다.

"누구냐?" 메로스는 달리면서 물었다.

"피로스토라토스입니다. 당신의 친구 세리눈티우스님의 제자입니다." 그 젊은 석공도 메로스의 뒤를 따라 달리면서 외쳤다. "이미 늦었습니다. 소용없어요. 달리기를 멈추십시오. 이젠 그분을 구하실 수 없습니다."

"아니, 아직 해는 저물지 않았다."

"조금 전에 막 사형이 집행되기 시작했습니다. 아아, 당신은 늦었어요. 원망스럽습니다. 조금만, 아주 조금만 더 빨랐더라면."

"아니, 아직 해는 저물지 않았어." 메로스는 찢어지는 심정으로 붉게 타고 있는 석양을 바라보며 달렸다. 달리는 것 말고 다른 방법은 없었다.

"그만 하세요. 이제 그만 멈추세요. 이제 당신의 목숨만이라도 지키십시오. 그분은 당신을 믿고 있었습니다. 형장에 끌려 나가서도 편안했습니다. 왕이 아무리 비웃어도 메로스는 올 거라며 믿고 있었습니다."

"그러니까 달리는 거다. 믿어 주니까 달리는 거다. 늦고 말고의 문제가 아니다. 인간의 목숨도 문제가 아니다. 나는 훨씬 더 큰 걸 위해 달리는 거다. 따라오게! 피로스토라토스."

"아아, 당신은 미쳤어요. 그럼 계속 달리십시오. 어쩌면 늦지 않을지도 모릅니다. 달리세요."

그렇다. 아직 해는 저물지 않았다. 메로스는 마지막까지 죽을힘을 다해 달렸다. 메로스의 머리는 텅 비었다. 아무 생각도 나지 않았다. 다만 무언지 모를 커다란 힘에 이끌려 달렸다. 해는 천천히 지평선으로 저물고 그야말로 마지막 한 줄기 빛도 사라지려는 바로 그 순간, 메로스는 질풍과 같이 형장으로 뛰어들었다. 늦지 않았다.

"잠깐. 당장 멈춰라. 메로스가 돌아왔다. 약속대로 돌아왔다."

큰 소리로 형장의 군중을 향해 외칠 작정이었다. 하지만, 목이 막혀서 갈라진 목소리가 희미하게 나올 뿐이었다. 누구 하나 그가 도착한 것을 알아차리지 못했다. 이미 높이 세워진 십자가 위로 밧줄에 묶인 세리눈티우스가 서서히 끌어올려지고 있었다. 그것을 목격한 메로스는 마지막 용기를 내서 좀 전에 탁류를 거스르던 것처럼 군중을 비집고 들어가서 외쳤다.

"나다, 형리! 사형 당하는 건 나다. 메로스다. 그를 인질로 삼은 내가 여기 있다."

갈라진 목소리로 힘껏 외치면서 형틀로 달려가 끌어 올려지고 있는 친구의 발에 매달렸다. 군중이 술렁거렸다. 그가 해낸 것이다. 풀어주라고 저마다 소리를 높였다. 세리눈티우스의 결박이 풀렸다.

"세리눈티우스." 메로스는 눈물을 글썽이며 말했다.

"나를 한 대 때려 주게. 제발 내 뺨을 힘껏 쳐줘. 나는 도중에 한번 나쁜 꿈을 꾸었네. 자네가 만약 나를 때려 주지 않는다면 나는 자네와 포옹할 자격조차 없어. 어서 나를 치게."

세리눈티우스는 모든 것을 짐작한다는 듯이 고개를 끄덕이고 형장에 가득히 울려 퍼질 정도로 세게 메로스의 오른쪽 뺨을 쳤다. 그러더니 상냥한 미소를 지으며 말했다.

"메로스, 나를 때리게나. 자네도 큰 소리가 날 정도로 내 뺨을 쳐 주게. 자네를 기다리는 동안 나 역시 딱 한 번 잠깐 자네를 의심했네. 태어나서 처음으로 자네를 의심했어. 자네가 나를 때려 주지 않는다면 나 또한 자네와 포옹할 수 없어."

메로스는 팔이 울릴 정도로 힘을 주어 세리눈티우스의 뺨을 쳤다.

"고맙네. 친구."

둘은 서로를 꽉 끌어안고 엉엉 소리를 내며 기쁨의 눈물을 흘렸다.

군중 속에서도 훌쩍거리는 소리가 들렸다. 폭군 디오니스는 군중의 뒤에서 두 사람의 모습을 뚫어져라 쳐다보고 있었다. 이윽고 조용히 두 사람에게로 다가와 얼굴을 붉히며 말했다.

"너희들이 내 마음을 이겼다. 믿음이란 결코 공허한 망상이 아니란 걸 보여 주었어. 나도 자네들 같은 친구가 있었으면 좋겠군...... 제발 소원이니 나를 자네들의 친구가 되게 해 주게나."

"와!"

군중 사이에서 환호성이 터져 나왔다.

"만세, 임금님 만세."

어떤 소녀가 메로스에게 붉은 망토를 바쳤다. 당황한 메로스에게 아름다운 친구가 눈치껏 알려 주었다.

"메로스, 자네는 벌거벗고 있지 않은가. 어서 그 망토를 입게나. 이 귀여운 아가씨는 사람들이 자네의 맨몸을 보는 게 아주 싫은 모양이야."

용사는 얼굴이 새빨개졌다.

(고전 설화와 프리드리히 쉴러의 시에서)

아쿠타가와 류노스케

코

광차

시로

안영신 옮김

아쿠타가와 류노스케 (芥川竜之介 1892~1927)

1892년 도쿄에서 출생한 아쿠타가와 류노스케는 14년의 창작활동 기간 동안 동서고금을 넘나드는 다양한 소재로 많은 단편소설을 남겼다. 도쿄제국대학 영문과에 재학 중이던 1914년 단편 「노년」으로 데뷔하였으나 문단의 관심을 받지 못했다. 무명의 문학청년이었던 그는 1916년 발표한 「코」가 나쓰메 소세키의 격찬을 받으면서 다이쇼 문단에서 활약하게 된다. 인간의 내면에 대한 깊은 응시와 날카로운 현실 풍자, 특유의 유머와 재치가 담긴 작품들은 현대를 사는 우리에게 깊은 울림을 준다. '그저 막연한 불안'을 이유로 35년의 짧은 생을 스스로 마감한 아쿠타가와의 죽음은 시대적 불안과 다이쇼문학의 종언으로 받아들여지면서 당시 일본사회에 큰 충격을 주었다. 그가 떠나고 8년 후인 1935년 친구였던 기쿠치 칸은 아쿠타가와의 업적을 기려 '아쿠타가와 상'을 제정하였다.

코

젠치 나이구*의 코 하면 이케노에서 모르는 사람이 없다. 밑동도 코끝도 굵은 코가 입술 위에서 턱 아래까지 대여섯 치나 길게 늘어져 있었다. 말하자면 기다란 소시지 같은 게 얼굴 한복판에 대롱대롱 매달려 있는 것이다.

쉰 살이 넘은 나이구는 사미승**이던 어린 시절부터

---

* 나이구(內供)란 궁중의 내도장(內道場)에서 천황의 건강 등을 기원하는 독경을 맡은 승려를 말한다.
** 십계(十戒)를 받고 구족계(具足戒)를 받기 위하여 수행하고 있는 어린 남자 승려.

내도장 공봉* 직에 오른 오늘날까지 이 코 때문에 항상 괴로워했다. 물론 겉으로는 지금도 그다지 신경 쓰지 않는 척 시치미를 떼고 있다. 이는 온 마음을 다해 내세의 극락정토를 간구해야 하는 승려의 몸으로 코 걱정이나 하고 있는 게 옳지 않다고 여겼기 때문은 아니다. 그보다 오히려 자신이 코에 신경 쓴다는 사실을 다른 사람에게 들키고 싶지 않았기 때문이다. 나이구는 일상적인 대화에서 '코'라는 말이 나오는 게 가장 두려웠다.

나이구가 코를 힘겨워하는 이유는 두 가지다. 하나는 실제로 코가 길어서 불편했기 때문이다. 일단 밥을 먹을 때도 혼자서는 먹을 수가 없다. 혼자 먹으면 코끝이 밥공기 안에 닿아버린다. 그래서 나이구는 제자 한 명을 밥상 맞은편에 앉혀 놓고 밥을 먹는 동안 넓이 3센티, 길이 60센티 정도 되는 막대기로 코를 들어 올리게 했다. 하지만 이렇게 밥을 먹는 건 받치고 있는 제자나 코가 들린 채 먹어야 하는 나이구에게 결코 쉬운 일이 아니다. 한번은 제자를 대신하던 동자승이 재채기를 하는 바람에 코를 죽 속에 빠뜨린 적이 있는데 이 얘기는 당시

___

* 궁중 안에 설치된 법당에 봉사하던 승려.

교토까지 퍼져 나갔다. 하지만 나이구가 코 때문에 힘들어 한 진짜 이유는 다른 데 있었다. 그는 상처 받은 자존심 때문에 괴로웠던 것이다.

이케노 마을 사람들은 이런 코를 갖고 있는 젠치 나이구를 위로한답시고 그가 속세 사람이 아닌 게 천만다행이라고 말했다. 그런 코로는 아내를 얻지 못할 거라고 생각했기 때문이다. 그중에는 코 때문에 출가를 했을 거라고 말하는 사람도 있었다. 하지만 나이구는 자신이 승려라서 코를 걱정하는 일이 적어졌다고는 생각하지 않았다. 아내를 얻고 못 얻고 하는 문제에 좌우되기에는 나이구의 자존심이 너무나도 섬세하게 생겨먹었던 것이다. 그래서 나이구는 적극적이든 소극적이든 방법을 가리지 않고 훼손된 자존심을 회복하려고 노력했다.

나이구가 제일 먼저 생각한 것은 긴 코를 실제보다 짧아 보이게 하는 방법이었다. 사람이 없을 때면 얼굴을 거울에 여러 각도로 비추면서 열심히 궁리했다. 얼굴의 위치를 바꾸는 것만으로는 안심이 되지 않아 턱을 괴거나 턱 끝에 손가락을 대고 끈기 있게 거울을 들여다보곤 했다. 하지만 만족할 만큼 코가 짧아 보인 적은 지금까지 단 한 번도 없었다. 어떤 때는 고심하면 할수록 오히려 길어 보이는 것 같기도 했다. 그러면 거울을 상자에 집어넣으며 한숨을 내쉬고는 마지못해 다시 관음경을 읽으러 책상으로 돌아갔다.

그리고 또 나이구는 끊임없이 남의 코에 신경을 썼다. 절에서는 승려를 공양하거나 경전을 해설하는 모임이 자주 열렸다. 절 안에는 승방이 빈틈없이 꽉 차 있었고 절의 승려가 날마다 목욕탕에서 물을 데웠다. 나이구는 이곳을 출입하는 승려와 속인들의 얼굴을 주의 깊게 살폈다. 자신과 같은 코를 가진 사람이 있으면 안심이 될 것 같았다. 그래서 속인의 남색 평상복이나 흰색 홑겹옷 따위는 나이구의 눈에 들어오지 않았다. 하물며 승려의 감귤색 모자나 검은 색 법의 따위는 늘 봐서 눈에 익은 터라 없는 거나 마찬가지였다. 나이구는 다른 데는 보지 않고 오로지 코만 쳐다보았다. 하지만 매부리코는 있어도 자신과 같은 코는 보이지 않았다. 그런 일이 거듭되자 나이구는 점점 기분이 나빠졌다. 나이구가 나잇값도 못하고 사람들과 이야기하다가 문득 늘어진 코끝을 만져보며 얼굴을 붉히고 했던 건 순전히 그런 불쾌감 때문이었다.

한편 나이구는 불교 경전과 책에서 자신과 같은 코를

가진 인물을 찾아내 다소나마 위안을 얻으려고 한 적도 있다. 하지만 모쿠렌*이나 샤리호쓰**의 코가 길었다는 내용은 어느 경문에도 적혀 있지 않았다. 물론 류주와 메묘도 평범한 코를 가진 보살이었다. 나이구는 중국 촉한의 류겐토쿠의 귀가 길었다는 얘기를 들었을 때, 그게 귀가 아니라 코였으면 얼마나 좋을까 생각했다.

나이구가 이렇게 소극적으로 마음고생을 하면서도 또 한편으로는 적극적으로 코가 짧아지는 방법을 시도했다는 건 굳이 여기서 말할 필요도 없을 것이다. 나이구는 이쪽 방면으로도 할 수 있는 건 거의 다 해보았다. 쥐참외를 달여 마셔보기도 하고 쥐 오줌으로 코를 문질러 본 적도 있다. 하지만 무슨 짓을 해도 입술 위엔 여전히 기다란 코가 늘어져 있는 게 아닌가.

그러던 어느 해 가을, 나이구가 심부름도 시킬 겸 교토로 보낸 제자가 아는 의사로부터 긴 코를 짧게 만드는 방법을 배워 왔다. 중국에서 건너온 그 의사는 조락쿠지***의 본존을 모시는 승려 신분이었다.

---

* 5세기 경 인도의 승려로 석가의 10대 제자 중 한 명.
** 석가의 10대 제자 가운데 한 사람.
*** 교토에 있는 사찰.

나이구는 그 방법을 시도해보자는 말은 곧바로 꺼내지 않고 여느 때처럼 코 따위는 신경 쓰지 않는 척하고 있었다. 그러면서도 한편으로는 식사 때마다 지나가는 말처럼 제자에게 수고를 끼치는 게 마음이 아프다고 말했다. 마음속으로는 물론 제자 승려가 그 방법을 써보자는 말을 먼저 꺼내주길 바라고 있었다. 제자 승려도 나이구의 속셈을 모를 리 없었다. 하지만 그에 대한 반감보다는 그렇게 할 수밖에 없는 나이구의 애타는 심정에 대한 동정심이 더 컸을 것이다. 제자는 나이구의 예상대로 이 방법을 시도해보자고 했고 나이구도 결국 열성적인 그의 권고를 따르게 되었다.

　그건 뜨거운 물에 코를 삶은 다음 그 코를 다른 사람이 밟는 아주 간단한 방법이었다.

　물은 절의 목욕탕에서 매일 끓이고 있다. 그래서 제자 스님은 곧바로 목욕탕에서 손가락도 넣지 못할 정도로 뜨거운 물을 주전자에 담아 왔다. 하지만 이 주전자에 코를 그대로 넣으면 뜨거운 김으로 인해 얼굴에 화상을 입을 우려가 있었다. 그래서 쟁반에 구멍을 내어 주전자 뚜껑을 만들고 그 구멍을 통해 코를 뜨거운 물속에 넣기로 했다. 코만 뜨거운 물속에 담그면 전혀 뜨겁지 않았다. 한참 후에 제자 승려가 말했다.

"이제 삶아졌겠죠?"

나이구는 쓴웃음을 지었다. 이게 코에 대한 얘기인 줄은 아무도 모를 거라 생각했기 때문이다. 코를 뜨거운 물에 삶았더니 벼룩한테 물린 것처럼 근질거렸다.

나이구가 쟁반 구멍에서 코를 꺼내자 아직 김이 나는 코를 제자가 힘껏 밟기 시작했다. 나이구는 누운 채로 코를 널빤지 위에 펴면서 바로 눈앞에서 제자의 발이 위아래로 움직이는 걸 쳐다보고 있었다. 제자는 이따금 안쓰럽다는 표정으로 나이구의 민머리를 내려다보며 말했다.

"아프지 않으세요? 의사가 세게 밟으라고 해서요. 정말 아프진 않으세요?"

나이구는 고개를 저으며 아프지 않다는 의사를 표현하려고 했다. 그런데 코를 밟힌 상태라서 생각처럼 고개가 움직여지지 않았다. 그래서 눈을 치켜뜨고 살갗이 튼 제자의 발을 쳐다보며 화가 난 듯한 목소리로 대답했다.

"아프지 않다니까."

실제로 가려웠던 코를 밟고 있었기 때문에 아프다기보다는 오히려 시원한 느낌이었다.

한참을 밟았더니 이윽고 코에 좁쌀 같은 게 생기기 시작했다. 털이 뽑힌 작은 새를 통째로 구워놓은 듯한 모습이었다. 그걸 보자 제자는 발을 멈추고 혼잣말처럼 중얼거렸다.

"이걸 족집게로 뽑으라고 했는데."

나이구는 불만스럽다는 듯이 뺨을 부풀리며 잠자코 제자가 하는 대로 맡겼다. 물론 제자의 친절한 마음을 모르는 건 아니지만 자신의 코를 마치 물건 다루는 듯 하는 게 불쾌했다. 신뢰가 가지 않는 의사의 수술을 받는 환자처럼 제자가 코의 모공에서 족집게로 피지를 제거하는 걸 마지못해 쳐다보고 있었다. 새 깃털의 줄기 모양 같은 피지가 1센티 가량 빠져나왔다.

이윽고 한 차례 작업이 끝나자 제자는 휴우 한숨을 돌리며 말했다.

"이제 이걸 한 번 더 삶으면 됩니다."

나이구는 여전히 못마땅한 표정으로 제자가 하라는 대로 하고 있었다.

그런데 두 번째 삶은 코를 꺼내 보니 정말 평소보다 짧아져 있었다. 이 정도면 일반적인 매부리코와 큰 차이가 없었다. 나이구는 짧아진 코를 쓰다듬으며 제자가 내

미는 거울을 멋쩍은 듯 쭈뼛쭈뼛 들여다보았다.

나이구의 코가, 턱밑까지 내려와 있던 그 코가 거짓말처럼 줄어들어 지금은 간신히 윗입술 위에 맥없이 생존해 있었다. 군데군데 얼룩져 빨갛게 된 건 밟힌 흔적일 것이다. 이제 비웃는 사람이 아무도 없을 것 같았다. 거울 속의 나이구가 거울 밖 자신의 얼굴을 바라보며 만족스러운 듯 눈을 깜박였다.

하지만 그날은 또다시 코가 길어지는 건 아닐까 하는 불안감이 있었다. 그래서 나이구는 불경을 읽을 때도, 식사 때도 틈만 나면 살며시 코끝을 만져 보았다. 하지만 코는 입술 위에 떡하니 자리 잡고 있었고 딱히 아래로 늘어질 기미는 없었다. 그리고 이튿날 아침 일찍 눈을 뜬 나이구는 제일 먼저 자신의 코를 만져 보았다. 코는 여전히 짧았다. 나이구는 몇 년에 걸쳐 법화경 사경*의 공적을 쌓았을 때와 같은 느긋한 기분이 들었다.

그런데 이삼일이 지나자 나이구는 뜻밖의 사실을 발견했다. 볼일이 있어서 이케노 절을 방문한 사무라이가 이전보다 더 우습다는 표정으로 말도 제대로 전하지 못

---

* 후세에 전하거나 축복을 받기 위하여 경문(經文)을 베끼는 일.

하고 나이구의 코만 힐끔힐끔 쳐다보는 것이었다. 뿐만 아니라 예전에 나이구의 코를 죽 속에 빠뜨린 적이 있는 동자승도 나이구 곁을 지나갈 때 처음에는 고개를 숙이고 웃음을 참다가 끝내 참지 못하고 터뜨려버렸다. 용무를 지시받던 중들도 얼굴을 마주보는 동안에는 조심스럽게 듣고 있다가도 나이구가 뒤로 돌기만 하면 곧바로 킥킥거리는 일이 한두 번이 아니었다.

나이구는 처음엔 자신의 얼굴이 바뀐 탓이라고 해석했다. 하지만 그것만으로는 아무래도 충분히 설명되지 않았다. 물론 동자승이나 아래 중들이 웃는 원인은 코의 변화에 있는 게 틀림없다. 하지만 같은 웃음이라도 코가 길었던 때와는 어딘지 모르게 느낌이 달랐다. 익숙한 긴 코보다 낯선 짧은 코가 우스꽝스러워 보인다고 하면 어쩔 수 없다. 하지만 다른 뭔가가 있는 것 같았다.

"예전엔 저렇게 대놓고 웃지는 않았었는데."

나이구는 불경을 읽으려다가 멈추고 민머리를 갸웃하며 종종 이렇게 중얼거리곤 했다. 가엾은 나이구는 이럴 때면 항상 옆에 걸린 보현보살의 초상화를 멍하니 바라보며 코가 길었던 사오일 전의 일을 떠올렸다. '지금은 남들에게 무시당하는 사람이 잘 나가던 옛 시절을 그리워하는 것처럼' 우울해졌던 것이다. 안타깝게도 나이구는 이 문제에 답을 내릴 만큼 지혜롭지는 못했다.

인간의 마음에는 서로 모순되는 두 가지 감정이 있다. 물론 누구든지 남의 불행에 대해선 동정심을 느끼기 마련이다. 그런데 그 사람이 어떻게 해서든 불행을 헤쳐 나갈 수 있게 되면 이번에는 이쪽에서 왠지 아쉬운 마음이 든다. 조금 과장해서 말하면 다시 한 번 그 사람을 똑같은 불행에 빠뜨려 보고 싶은 기분마저 드는 것이다. 그러다 어느 샌가 소극적이기는 하지만 그 사람에게 어떤 적의를 품게 된다. 나이구가 이유도 없이 불쾌했던 것은 이케노 승려와 속인들의 태도에서 그런 방관자의 이기주의를 은연중에 느꼈기 때문이다.

그래서 나이구는 날이 갈수록 기분이 언짢아졌다. 입만 열면 누구든 심술궂게 꾸짖었다. 급기야 코를 치료한 그 제자조차 "나이구는 자비가 없어서 벌을 받을 거야."라고 험담을 할 정도가 되었다. 특히 나이구를 화나게 했던 것은 앞에서 말한 장난꾸러기 동자승이다. 어느 날 개 짖는 소리가 요란하게 들려 나이구가 무심코 밖으로 나가 보니 동자승이 두 자 정도 되는 막대기를 휘두르며 털이 길고 마른 삽살개를 쫓아다니고 있었다. 그것도 그냥 따라다니는 게 아니었다. "코 좀 맞아볼래? 코 좀 맞아볼래?"라고 외치고 있었던 것이다. 나이구는 동자승의 손에서 그 나무 조각을 낚아채서 얼굴을 세게 쳤다. 막대기는 예전에 코를 쳐들던 나무였다.

나이구는 어설프게 코가 짧아진 것이 오히려 원망스러웠다.

그러던 어느 날 밤의 일이다. 해가 지고 나서 갑자기 바람이 몰아치더니 탑 위의 풍경 소리가 베갯머리까지 시끄럽게 들려왔다. 게다가 추위도 부쩍 심해져서 노년의 나이구는 잠을 이루지 못하고 있었다. 침상에서 말똥말똥하고 있는데 문득 코가 평소와 달리 간지러웠다. 손을 대보니 약간 부기가 있는 것 같았다. 아무래도 열도 나는 것 같았다.

"억지로 짧게 만들어서 병이 난 건지도 모르지."

나이구는 불전에 향화를 바치는 듯한 공손한 손길로 코를 누르면서 중얼거렸다.

다음날 아침 나이구가 여느 때처럼 일찍 눈을 떠 보니 사찰 안의 은행나무와 침엽수 잎이 밤새 떨어져서 마당은 황금을 깔아 놓은 것처럼 환했다. 탑 지붕에는 서리가 내린 탓인지 아직 옅은 아침 햇살에 구륜*이 눈부시게 빛나고 있다. 젠치 나이구는 덧문을 걷어 올린 툇마루에 서서 숨을 깊이 들이쉬었다.

거의 잊혀가던 어떤 감각이 다시 돌아온 것은 바로 그때였다.

나이구는 황급히 코에 손을 대보았다. 손에 닿는 것은 어젯밤의 짧은 코가 아니었다. 윗입술에서 턱 아래까지 대여섯 치나 늘어져 있는 예전의 긴 코였다. 나이구는 하룻밤 사이에 코가 원래대로 되돌아온 걸 알게 되었다. 그와 동시에 코가 짧아졌을 때처럼 후련한 마음도 다시 돌아오는 것이었다.

'이렇게 되었으니 이제 나를 비웃는 사람은 아무도 없겠지.'

나이구는 마음속으로 이렇게 속삭였다. 새벽녘 가을 바람에 흔들리는 긴 코를 바라보면서.

---

* 불탑의 노반(露盤) 위에 있는 높은 기둥의 장식. 아홉 개의 바퀴 모양의 테로 되어 있다.

광차

오다와라와 아타미 사이에 경편 철도* 공사가 시작된 건 료헤이가 여덟 살 되던 해였다. 료헤이는 매일같이 철도 공사를 구경하러 동구 밖으로 나갔다. 공사라고 해봤자 광차로 흙을 운반하는 것이었는데 그게 재미있어서 보러 갔다.

인부 두 명이 흙을 싣고서 광차 위에 잠시 서 있었다. 광차는 산에서 내려오기 때문에 사람 손을 빌리지 않아

---

* 기관차와 차량이 작고 궤도가 좁은, 규모가 작고 간단한 철도.

도 저절로 달린다. 덜커덕거리며 차체가 움직이는 거며 펄럭거리는 인부의 옷자락이며 휘어지는 좁은 선로를 바라보면서 료헤이는 인부가 되고 싶다고 생각했다. 하다못해 그저 한 번만이라도 광차를 타봤으면 하는 마음이었다. 광차는 동네 어귀의 평지까지 내려오면 저절로 멈춰 선다. 그러면 곧바로 인부들이 폴짝 뛰어내려 싣고 온 흙을 선로의 맨 끝에 쏟아놓는다. 그리고 다시 광차를 밀면서 산 쪽으로 올라간다. 그걸 보면서 료헤이는 타지는 못하더라도 그냥 미는 것만이라도 해보고 싶었다.

2월 초순의 어느 저녁이었다. 료헤이는 두 살 터울의 동생이랑 옆집 사는 동생 친구랑 같이 광차가 있는 동구 밖으로 갔다. 광차는 흙투성이가 된 채 어스름한 저녁빛 속에 늘어서 있었다. 하지만 사방을 둘러봐도 인부들의 모습은 보이지 않았다. 머뭇거리던 세 명의 아이들은 맨 끝에 있는 광차를 밀었다. 세 아이의 힘이 가해지자 갑자기 광차의 바퀴가 빙그르르 돌았다. 료헤이는 그 소리에 덜컥 겁이 났다. 하지만 또 다시 바퀴 소리가 나자 더 이상 놀라지 않았다. 덜거덩 소리를 내며 광차는 세 아이의 손에 밀려 선로를 따라 서서히 올라갔다.

그렇게 18미터 정도 올라가자 선로의 경사가 가팔라져서 광차를 아무리 밀어도 세 아이의 힘으로는 더 이상 움직이지 않았다. 자칫하면 광차와 함께 뒤로 밀려 내려올 수도 있는 상황이었다. 료헤이는 이쯤이면 되겠다 싶어 두 아이에게 신호를 보냈다.

"어서 타!"

아이들은 일제히 손을 떼고 광차에 올라탔다. 처음에는 서서히 움직이던 광차가 순식간에 힘차게 달려 내려가기 시작했다. 그 순간 눈앞의 풍경이 삽시간에 양쪽으로 갈라지며 휙휙 다가왔다. 얼굴로 불어오는 해질녘의 바람과 발밑에서 흔들리는 광차의 진동을 느끼며 료헤이는 좋아서 어쩔 줄을 몰라 했다.

하지만 2, 3분 뒤 광차는 출발했던 자리에 멈춰 섰다.

"자, 한 번 더 밀자."

료헤이가 두 아이와 함께 다시 광차를 밀어 올리려던 참이었다. 바퀴가 돌기도 전에 갑자기 뒤에서 누군가의 발소리가 들렸고 그 소리는 곧바로 호통 소리로 바뀌었다.

"이놈들! 누가 함부로 광차에 손을 댔어?"

거기엔 낡은 작업복에 철 지난 밀짚모자를 쓴 키 큰 인부가 서 있었다. 그 모습이 눈에 들어왔을 때 료헤이는 이미 두 아이와 함께 10미터쯤 달아나 있었다. 그런 일이 있고 나서는 공사장에 아무도 없어도 두 번 다시 광차를 타려고 하지 않았다. 야단을 치던 인부 모습이 지금도 료헤이의 머릿속 어딘가에 선명한 기억으로 남아 있다. 어스름 속에 희미하게 보이던 작고 누런 밀짚 모자. 하지만 그 기억조차도 시간이 갈수록 빛이 바래지는 것 같다.

열흘 쯤 지난 어느 날 오후, 료헤이는 혼자 공사장에서 광차가 다가오는 모습을 바라보고 있었다. 그때 흙을 실은 광차와 침목을 실은 광차 한 칸이 언젠가 본선이 될 굵은 선로를 타고 내려왔다. 광차를 미는 사람은 둘 다 젊은 남자였다. 료헤이는 두 사람을 보자마자 금방 친해질 것 같은 느낌이 들었다. '저 아저씨들은 혼낼 것 같지 않은데.' 이렇게 생각하며 그곳으로 뛰어갔다.

"아저씨, 내가 밀어 줄까요?"

줄무늬 셔츠를 입은 사람이 고개를 숙인 채 광차를 밀면서 료헤이의 예상대로 흔쾌히 대답했다.

"그래, 밀어봐라."

료헤이는 두 사람 사이에 들어가 있는 힘껏 밀기 시작했다.

"너 힘이 꽤 세구나."

귀에 담배를 끼운 다른 남자도 료헤이를 칭찬해 주었다. 어느 정도 올라가자 선로의 경사가 점차 완만해졌다. '이제 그만 밀어도 된다.' 료헤이는 당장이라도 이런 말을 들을까봐 내심 걱정이 되었다. 하지만 젊은 두 인부는 허리를 펴더니 잠자코 광차를 계속 밀었다. 참다못한 료헤이가 머뭇거리며 물었다.

"계속 밀어도 돼요?"

"되고말고."

두 사람은 동시에 대답했다. 료헤이는 친절한 사람들이라고 생각했다.

계속 밀면서 600여 미터 정도 올라가자 선로는 또다시 급경사를 이루었다. 양쪽으로 펼쳐진 밀감 밭에는 노란 열매들이 햇빛을 받고 있었다.

'오르막길이 더 좋아. 오래오래 밀 수 있으니까.' 료헤이는 이렇게 생각하며 온몸으로 광차를 밀었다.

밀감 밭 사이를 다 올라가자 선로는 갑자기 내리막길이 되었다. 줄무늬 셔츠를 입은 남자가 "이제 타."라고 말하자 료헤이는 곧바로 뛰어 올라탔다. 세 사람이 올라타자마자 광차는 밀감 향기를 흩날리며 미끄러지듯이 선로를 달리기 시작했다. '미는 것보다 타는 게 훨씬 좋아.' 료헤이는 겉옷 안으로 한가득 바람을 맞으며 생각했다. '갈 때 많이 밀면 돌아올 땐 많이 탈 수 있어.' 이런 생각도 했다.

대나무 숲 근처에 이르자 광차는 조용히 멈춰 섰다. 세 사람은 다시 무거운 광차를 밀기 시작했다. 대나무 숲은 어느새 잡목림이 되어 있었다. 오르막길 여기저기에 녹이 슨 선로가 보이지 않을 만큼 낙엽이 쌓여 있었다. 그 길을 겨우 다 올라가자 이번에는 높은 벼랑 저편으로 드넓은 바다가 을씨년스럽게 펼쳐졌다. 순간 갑자기 료헤이의 머릿속엔 너무 멀리 왔다는 생각이 떠올랐다.

세 사람은 다시 광차에 올라탔다. 광차는 바다를 오른쪽에 끼고 잡목 가지 아래로 달려갔다. 하지만 료헤이는 아까처럼 신나지 않았다. '이제 마을로 돌아가야 할 텐데.' 이런 생각만 들었다. 하지만 일단 목적지에 도착하지 않으면 광차도 그들도 돌아갈 수 없다는 걸 료헤이는 물론 잘 알고 있었다.

광차가 멈춘 곳은 절벽을 등지고 있는 초가지붕의 찻집 앞이었다. 인부 두 사람은 그 가게에 들어가서 젖먹이 어린애를 업고 있는 안주인을 상대로 느긋하게 차를 마시기 시작했다. 료헤이는 혼자 안절부절 못하며 광차 주위를 맴돌았다. 나무로 된 광차의 튼튼한 차대에는 바닥에서 튄 진흙이 말라붙어 있었다.

잠시 후 담배를 귀에 꽂은 남자가 (그땐 이미 귀에 꽂혀 있지 않았지만) 찻집을 나오면서 광차 옆에 있는 료헤이에게 신문지에 싼 막과자를 주었다. 료헤이는 시무룩한 표정으로 "고맙습니다."라고 말했다. 하지만 이런 태도는 좋지 않다고 금방 마음을 고쳐먹었다. 료헤이는 차갑게 말한 걸 어물쩍 넘기려고 과자 하나를 입에 넣었다. 신문지에 싸여 있어서 그런지 과자에는 석유 냄새가 배어 있었다.

세 사람은 광차를 밀면서 경사가 완만한 길을 올라갔다. 료헤이는 광차에 손을 대고 있었지만 마음은 딴 데가 있었다.

고개를 넘어 내려갔더니 다시 아까와 같은 찻집이 보였다. 인부들이 그 안으로 들어가자 료헤이는 광차에 걸터앉아 돌아갈 일만 걱정하고 있었다. 찻집 앞 활짝 핀 매화에 쏟아지던 석양빛이 점차 희미해지고 있었다. '벌써 해가 지는데' 이런 생각이 들자 멍하니 앉아있을 수가 없었다. 광차 바퀴를 발로 차보기도 하고 혼자 힘으로는 움직이지 않는다는 걸 알면서도 끙끙 밀어보기도 하면서 기분을 달래고 있었다.

그런데 찻집에서 나온 인부들은 광차 위의 침목에 손을 대면서 아무렇지도 않게 료헤이에게 말했다.

"넌 이제 돌아가라. 우리는 오늘 저쪽에서 잘 거니까."

"너무 늦으면 집에서도 걱정할 거야."

이 말을 듣는 순간 료헤이는 어안이 벙벙했다. 어느덧 날이 저물어 버렸고, 작년에 어머니와 이와무라에 갔을 때보다 서너 배나 먼 길을 왔고, 그 길을 지금 혼자 걸어서 돌아가야 한다는 사실을 한순간에 깨달은 것이다. 눈물이 날 것만 같았다. 하지만 울어도 소용없는 일이었다. 울고 있을 때가 아니라고 생각한 료헤이는 젊은 인부들과 어색한 인사를 나누고 곧바로 선로를 따라 달리기 시작했다.

선로 옆으로 한참을 달리던 료헤이는 품속의 과자 꾸러미가 거추장스러워서 길가에 내던졌다. 바닥에 널조각을 댄 신발도 벗어서 던져버렸다. 얇은 양말 속으로 작은 돌이 들어왔지만 발은 훨씬 가벼워졌다. 그는 왼쪽으로 바다를 느끼며 가파른 비탈길을 뛰어올랐다. 때때로 눈물이 복받쳐 오르면 저절로 얼굴이 일그러졌다. 간신히 눈물은 참았지만 쉴 새 없이 코를 훌쩍거렸다.

　대나무 숲 옆을 달려 지나가자 히가네야마의 저녁놀도 사라지고 있었다. 료헤이는 점점 제정신이 아니었다. 갈 때와 방향이 바뀌어서 그런지 경치가 달라진 것도 불안했다. 이젠 옷이 땀에 흠뻑 젖은 것도 마음에 걸렸다. 필사적으로 달리면서 겉옷도 벗어 길가에 내던졌다.

　밀감 밭에 다다랐을 무렵엔 주위가 온통 어두워지고 있었다. '목숨만 건질 수 있다면' 이렇게 생각하며 료헤이는 미끄러지고 발이 걸려 넘어지면서도 달렸다.

　드디어 저 멀리 어둠 속에 동구 밖의 공사장이 보이기 시작하자 료헤이는 눈 딱 감고 울고 싶은 마음이었다. 하지만 울상을 지으면서도 끝내 울지 않고 계속 달렸다.

　마을 안으로 들어가 보니 이미 양쪽의 집들에서 전등 불빛이 새어나오고 있었다. 료헤이는 그 전등 불빛을 통해 자신의 머리에서 김이 나고 있다는 걸 알았다. 우물가에서 물을 긷던 여자들과 밭에서 돌아오던 남자들은 헐떡거리며 뛰어가는 료헤이를 보고 "얘야, 무슨 일이니?" 하고 말을 걸었다. 하지만 료헤이는 아무 말 없이 잡화점이며 이발소며 환한 집 앞을 달려 지나갔다.

　집 문간으로 뛰어들었을 때 료헤이는 결국 와앙 하고

울음을 터뜨리고 말았다. 울음소리에 아버지와 어머니가 급히 다가왔다. 어머니는 무슨 얘기를 하면서 료헤이를 안으려고 했다. 하지만 료헤이는 손발을 버둥거리면서 훌쩍훌쩍 계속 울었다. 그 소리가 너무 컸던 탓인지 서너 명의 이웃 사람들이 어둑어둑한 문간으로 모여들었다. 어머니 아버지는 물론이고 사람들은 저마다 왜 우는지 이유를 물었다. 하지만 료헤이는 누가 뭐래도 큰 소리로 울어댈 수밖에 없었다. 그 먼 길을 달려오면서 느꼈던 불안감을 생각하면 아무리 큰 소리로 울어도 성에 차지 않았다.

료헤이는 스물 여섯 되는 해에 처자식을 데리고 도쿄로 왔다. 지금은 어느 잡지사의 2층에서 교정 일을 맡아서 하고 있는 그는 가끔씩 아무런 이유 없이 그때의 일을 떠올리곤 한다. 고뇌에 지친 그의 앞에 지금도 여전히 어둑어둑한 덤불숲과 언덕이 있는 길 한 줄기가 끊어졌다 이어졌다 한다.

시로

1

어느 봄날 오후였습니다. 시로白라는 하얀 개가 흙냄새를 맡으며 한적한 길을 걷고 있었습니다. 좁은 길 양쪽으로 싹이 돋아난 산울타리가 죽 이어지고 그 사이에 벚꽃이 드문드문 피어 있었습니다. 산울타리를 따라 걷다가 무심코 골목길로 들어선 시로는 깜짝 놀란 듯 갑자기 걸음을 멈췄습니다.

골목 안쪽 십여 미터 앞에 개장수가 올가미를 뒤에 숨

기고는 검은 개 한 마리를 노리고 있었던 것입니다. 그런 줄도 모르고 그 개는 개장수가 던져준 빵을 먹고 있었습니다. 하지만 시로가 놀란 건 그 때문만은 아닙니다. 지금 개장수가 노리고 있는 건 바로 이웃집의 구로黑였던 겁니다. 구로는 매일 아침 얼굴을 마주할 때마다 서로 킁킁거리며 냄새를 맡는 아주 친한 친구였습니다.

시로는 자기도 모르게 "구로야! 위험해!" 하고 소리칠 뻔했습니다. 하지만 그 순간 사내가 시로 쪽을 힐끗 쳐다보았습니다. '어디 한 번 짖기만 해봐! 너부터 올가미를 씌워버릴 테니까.' 이렇게 그가 눈으로 협박하고 있는 게 똑똑히 보였습니다. 시로는 너무 무서워서 그만 짖는 것도 잊었습니다. 그리고 잔뜩 겁에 질려서 빨리 도망쳐야겠다는 생각뿐이었습니다. 시로는 그의 눈치를 살피면서 조금씩 뒷걸음질 치기 시작했습니다. 그리고 사내의 모습이 산울타리에 가려서 보이지 않게 되자 불쌍한 구로를 남겨둔 채 쏜살같이 도망쳤습니다.

그 순간 올가미가 던져진 모양입니다. 구로의 요란한 울음소리가 계속 들렸습니다. 하지만 시로는 되돌아가기는커녕 멈춰 설 생각도 없었습니다. 진흙탕을 뛰어넘고 자갈을 흐트러뜨리고 통행금지 밧줄 사이를 빠져나가 쓰레기통을 뒤엎으면서 뒤도 돌아보지 않고 계속 도 망쳤습니다. 보세요. 언덕을 뛰어 내려가는 모습을! 저런, 자동차에 치일 뻔했군요! 이제 시로에겐 오직 살고 싶다는 생각밖에 없는지도 모릅니다. 시로의 귓가에서는 아직도 구로의 울음소리가 등에처럼 윙윙거리고 있었습니다.

"깨갱, 깨갱, 살려줘! 깨갱, 깨갱, 살려줘!"

2

시로는 헐떡이며 간신히 주인집으로 돌아왔습니다. 검은 담벼락 아래 개구멍으로 들어가 헛간을 돌면 개집이 있는 뒤뜰이 나옵니다. 시로는 번개 같은 속도로 뒤뜰 잔디밭으로 뛰어들었습니다. 여기까지 도망쳐왔으니 이제 올가미에 걸릴 염려는 없습니다. 다행히도 푸릇푸릇한 잔디밭에서는 아가씨와 도련님이 공 던지기 놀이를 하고 있습니다. 그걸 보고 시로는 얼마나 기뻤는지 모릅니다. 시로는 꼬리를 흔들며 한달음에 그곳으로 달려갔습니다.

시로는 두 사람을 올려다보며 숨도 쉬지 않고 떠들어 댔습니다. (하지만 개의 말을 알아듣지 못하는 아가씨와 도련님에게는 왕왕 짖는 소리로만 들릴 뿐입니다.) 그런데 오늘은 어찌 된 일인지 아가씨나 도련님이나 어리둥절한 표정으로 머리도 쓰다듬어 주지 않았습니다. 이상하다고 느낀 시로는 다시 한 번 두 사람에게 말을 걸었습니다.

"아가씨! 개장수 아세요? 아주 무서운 놈이에요. 도련님! 저는 간신히 도망쳐서 살았지만 옆집 구로는 붙잡히고 말았어요."

그런데도 아가씨와 도련님은 얼굴을 마주보고 있을 뿐입니다. 게다가 두 사람은 잠시 후 이런 묘한 말까지 꺼냈습니다.

"어느 집 개인지 알아? 하루오."

"그러게. 어디 사는 개일까? 누나."

'어느 집 개냐고?' 이번에는 시로가 어리둥절했습니다. (시로는 아가씨와 도련님의 말을 알아들을 수 있었습니다. 우리가 개의 말을 알아듣지 못하기 때문에 개 역시 우리의 말을 못 알아들을 거라 생각하지만 실은 그렇지 않습니다. 개가 재주를 부리는 것은 우리의 말을 알아듣기 때문입니다. 하지만 우리는 개의 말을 못 알아듣기 때문에 개가 가르쳐 주는 재주, 그러니까 어둠 속에서도 잘 볼 수 있다든가 희미한 냄새를 맡을 수 있는 재주를 하나도 익힐 수 없는 것입니다.)

"어느 집 개라니 그게 무슨 말이에요? 저예요! 시로라고요!"

하지만 아가씨는 여전히 기분 나쁜 표정으로 시로를 쳐다봤습니다.

"옆집 구로의 형제인가?"

"그럴지도 몰라."

야구 배트를 갖고 놀던 도련님도 골똘히 생각하면서 대답했습니다.

"이 녀석도 온몸이 새까만 걸 보니까."

시로는 갑자기 등의 털이 곤두서는 것 같았습니다. '새까맣다니! 그럴 리가 없어요.' 시로는 강아지 때부터 우윳빛처럼 하얬습니다. 하지만 지금 앞발을 쳐다보니 아니, 앞발만이 아닙니다. 가슴도, 배도, 뒷발도, 품위 있게 쭉 뻗은 날렵한 꼬리도 전부 냄비 바닥처럼 새까맸습니다. '새까맣다! 새까매!' 시로는 정신이 나간 것처럼 펄쩍펄쩍 뛰었고 이리저리 뛰어다니며 필사적으로 짖어댔습니다.

"어머, 어떡하지? 하루오. 이 개가 미쳤나봐."

아가씨는 그 자리에 못 박힌 채 금방이라도 울 것 같은 목소리로 말했습니다. 하지만 도련님은 용감했습니다. 시로는 도련님이 휘두르는 배트에 왼쪽 어깨를 맞았습니다. 이어서 두 번째 배트가 머리 위로 날아오자 시로는 그 아래로 재빨리 빠져나와서 도망치기 시작했습니다. 하지만 이번에는 아까처럼 멀리 도망가진 않았습니다. 잔디밭 바깥쪽의 종려나무 그늘에 크림색으로 칠한 개집이 있습니다. 개집 앞까지 온 시로는 어린 주인들을 돌아봤습니다.

"아가씨! 도련님! 저는 시로예요. 아무리 새까매져 있어도 시로라고요."

뭐라 말할 수 없는 슬픔과 분노로 시로의 목소리는 떨렸습니다. 하지만 아가씨와 도련님이 그런 시로의 마음을 알 리가 없습니다. 아가씨는 얄밉다는 듯이 발을 동동 구르며 말했습니다.

"아직도 저기서 짖고 있어. 정말 뻔뻔한 들개야."

도련님도 자갈을 하나 주워들더니 시로한테 힘껏 던졌습니다.

"이 놈이. 아직도 꾸물거리고 있네. 이래도 안 갈 거야? 이래도?"

자갈이 연달아 날아왔습니다. 그 중에는 시로의 귀뿌리에 피가 배일 정도로 세게 날아온 것도 있습니다. 시로는 결국 꼬리를 말고서 검은 담장 밖으로 빠져나갔습니다. 담장 밖에는 봄볕에 은가루를 뒤집어쓴 배추흰나비 한 마리가 한가로이 나풀나풀 날고 있었습니다.

'아, 이제 난 떠돌이 개가 된 건가?'

시로는 전신주 아래에서 한숨을 내쉬며 한동안 멍하니 하늘만 쳐다보고 있었습니다.

3

쫓겨난 시로는 도쿄 여기저기를 어슬렁어슬렁 돌아다녔습니다. 하지만 어디서 뭘 하든 잊을 수 없는 건 새까매진 자신의 모습이었습니다. 시로는 손님의 얼굴을 비추는 이발소의 거울이 무서웠습니다. 비 개인 하늘이 비치는 길가의 물웅덩이도 두려웠습니다. 길가의 어린 잎이 비치는 쇼윈도 유리도. 뿐만 아니라 카페 테이블에 놓인 흑맥주가 가득 찬 컵조차도.

하지만 그게 다 무슨 소용입니까. 저 자동차를 보세요. 맞아요. 공원 밖에 서 있는 저 커다란 검은색 자동차 말입니다. 번쩍번쩍 광이 나도록 옻칠을 한 자동차에 지금 이쪽으로 걸어오는 시로의 모습이 비칩니다. 거울처럼 또렷하게 말이죠. 손님을 기다리는 저 자동차처럼 시로의 몸을 비추는 건 곳곳에 있었습니다. 만약 그걸 봤다면 시로는 얼마나 무서웠을까요. 저기, 시로의 얼굴을 보세요. 괴로운 듯 낑낑거리는가 싶더니 곧바로 공원으로 뛰어 들어가네요.

공원의 플라타너스 어린잎에 바람이 살며시 스치고 지나갑니다. 시로는 고개를 떨군 채 나무들 사이를 걸어 갔습니다. 이곳엔 다행히 연못 말고는 모습을 비출만한 게 보이지 않습니다. 그저 하얀 장미꽃에 떼 지어 모여 드는 벌들의 날개 소리만 들릴 뿐입니다. 시로는 평화로운 공원의 공기 속에서 몸이 시커멓게 변해버린 슬픔을 잠시 잊고 있었습니다.

하지만 그런 행복도 5분이나 이어졌을까요. 시로는 마치 꿈을 꾸듯이 벤치가 늘어서 있는 길가로 나왔습니다. 그러자 길모퉁이 저쪽에서 개 짖는 소리가 요란하게 들려왔습니다.

"깨갱, 깨갱, 살려줘! 깨갱, 깨갱, 살려줘!"

시로는 저도 모르게 몸서리를 쳤습니다. 그 소리는 너무도 무서웠던 구로의 마지막 순간을 떠올리게 했던 것입니다. 시로는 눈을 감은 채 왔던 길 쪽으로 도망치려고 했습니다. 하지만 그때 갑자기 시로가 으르렁거리며 무서운 소리를 냈습니다. 그러더니 휙하고 뒤로 돌았습니다.

"깨갱, 깨갱, 살려줘! 깨갱, 깨갱, 살려줘!"

그 소리는 시로의 귀에 이런 말로 들리는 것이었습니다.

"깨갱, 깨갱, 겁쟁이가 되고 싶어? 깨갱, 깨갱, 겁쟁이가 되고 싶냐고!"

시로는 자세를 낮추더니 곧바로 소리가 나는 쪽으로 달리기 시작했습니다.

하지만 그곳에 있는 건 개장수가 아니었습니다. 하굣길의 아이들이 목줄을 맨 갈색 강아지를 끌고 가면서 왁자지껄 떠들고 있었습니다. 강아지는 끌려가지 않으려고 필사적으로 발버둥 치며 "살려줘!"라고 계속 소리쳤습니다. 하지만 아이들은 그런 소리에 전혀 귀를 기울이지 않았습니다. 그냥 웃고 소리를 지르며 강아지 배를 발로 걷어찰 뿐이었습니다.

시로는 조금도 주저하지 않고 아이들을 향해 짖기 시작했습니다. 기습을 당한 아이들은 이만저만 놀란 게 아닙니다. 불타오른 눈빛이며 칼날처럼 드러난 송곳니며 시로의 모습은 금방이라도 물어뜯을 것처럼 무서운 기세였습니다. 아이들은 사방으로 흩어져 도망쳤고 그중에는 너무 당황한 나머지 길가의 화단으로 뛰어든 아이도 있었습니다. 시로는 4, 5미터를 쫓아가다가 강아지를 확 돌아보며 말했습니다.

"자, 나랑 같이 가자. 너희 집까지 데려다 줄게."

시로는 아까 왔던 길 쪽의 나무들 사이로 쏜살같이 뛰어들었습니다. 갈색 강아지도 기쁜 듯이 벤치를 빠져나가 장미를 흩뜨리며 시로에게 뒤처지지 않으려고 열심히 달렸습니다. 목에 매달린 긴 줄을 질질 끌면서.

×　　×　　×

두세 시간이 지난 뒤, 시로는 갈색 강아지와 함께 허름한 카페 앞에 서 있었습니다. 낮에도 어둑어둑한 카페 안에는 빨간 전등이 켜져 있고 소리가 튀는 축음기에서 음악이 흘러나오고 있었습니다. 강아지는 꼬리를 흔들면서 시로에게 말했습니다.

"저는 여기 살아요. 다이쇼켄이라는 이 카페에. 아저씨는 어디 살아요?"

"아저씨? 아저씨는 말이야. 아주 먼 동네에 살아."

시로는 쓸쓸한 듯이 한숨을 내쉬었습니다.

"그럼 이제 아저씨는 집에 가야겠다."

"잠깐만요. 아저씨네 주인은 까다로워요?"

"주인? 그런 건 왜 묻는 건데?"

"주인이 까다롭지 않으면 오늘 밤은 여기서 자고 가세요. 제 목숨을 구해주셨으니 우리 엄마도 좋아하실 거예요. 우리 집에는 우유며 카레라이스며 비프스테이크며 맛있는 음식이 많이 있어요."

"고맙구나. 고마워. 그런데 아저씨는 볼일이 있어서 말이야. 대접은 다음에 받도록 하자. 그럼 어머니께 안부 전해드려라."

시로는 잠시 하늘을 쳐다보고는 조용히 걷기 시작했습니다. 카페 지붕 너머 초승달도 서서히 빛을 발하기 시작했습니다.

"아저씨, 아저씨, 잠깐만요!"

강아지는 슬픈 듯이 코를 킁킁거렸습니다.

"그럼 이름만이라도 알려 주세요. 제 이름은 나폴레옹이이에요. 나포짱이나 나포공(公)이라고 부르기도 해요. 아저씨는 이름이 뭐예요?"

"아저씨 이름은 시로야."

"시로라고요? 이상하네요. 시로는 하얗다는 말인데 아저씨는 온통 까맣잖아요?"

시로는 가슴이 답답했습니다.

"그래도 시로란다."

"그럼 시로 아저씨라고 할게요. 시로 아저씨. 조만간 다시 한 번 꼭 오세요."

"그래, 나포공 잘 있어!"

"안녕히 가세요, 시로 아저씨! 안녕, 안녕!"

4

그 후 시로는 어떻게 되었을까요? 여러 신문에 그 소식이 전해지고 있어서 여러분도 대략 알고 있을 겁니다. 위험에 처한 사람을 구한 용감한 검은 개 이야기를 말이죠. 또 한때 <의견(義犬)>이라는 영화가 유행했던 것도 기억나실 겁니다. 그 검은 개가 바로 시로였습니다. 하지만 불행히도 아직 모르시는 분들이 있다면 부디 아래에 인용한 신문 기사를 읽어주세요.

도쿄니치니치신문

지난 5월 18일 오전 8시 40분경의 일이다. 오우선 상행 급행열차가 다바타역 부근 건널목을 통과할 때였다. 건널목지기의 부주의로 열차 선로 안으로 들어간 회사원 시바야마 데쓰타로 씨의 장남 사네히코(4세)가 열차에 치일 뻔한 순간 늠름한 검은 개 한 마리가 번개처럼 뛰어들었다. 그리고 코앞까지 닥친 열차 바퀴 앞에서 아이를 멋지게 구해냈다. 하지만 이 용감한 개는 사람들이 웅성거리는 사이에 어디론가 사라져버렸다. 당국은 표창을 하려고 했지만 개를 찾지 못해 매우 난감해하고 있다.

도쿄아사히신문

가루이자와에서 피서 중인 미국의 부호 에드워드 버클리 씨의 부인은 페르시아 산 고양이를 매우 예뻐하며 소중하게 키우고 있었다. 그런데 최근 그의 별장에 2미터가 넘는 큰 뱀이 나타났다. 그 뱀이 베란다에서 놀고 있는 고양이를 잡아먹으려는 순간 갑자기 낯선 검은 개 한 마리가 뛰어들었다. 개는 20분에 걸친 사투 끝에 마침내 뱀을 물어 죽이고 어디론가 자취를 감추어버렸다. 부인은 이 기특한 개의 행방을 찾기 위해 5천 달러의 현상금을 내걸었다.

고쿠민신문

일본 알프스 횡단 중 한때 행방불명이 된 제일고등학교 학생 3명은 8월 7일 가미코지 온천에 도착했다. 호타카산과 야리가타케 사이에서 길을 잃었던 일행은 지난번 폭풍우로 텐트와 식량도 잃었기 때문에 다들 죽음을 각오하고 있었다. 그런데 계곡을 헤매고 있던 일행 앞에 어디선가 검은 개 한 마리가 나타났다. 마치 안내를 하듯 앞장서서 걷기 시작한 그 개를 따라 일행은 하루 남짓 걸어서 겨우 가미코지에 도착할 수 있었다. 하지만 개는 멀리 온천 여관의 지붕이 보이자 기쁜 듯이 컹컹 짖고는 다시 수풀 속으로 모습을 감췄다고 한다. 일행은 모두 이 개가 나타난 것은 신의 은혜라고 믿고 있다.

지지신보

9월 13일 나고야 시에서 발생한 큰 화재로 사망자가 십여 명에 이르렀다. 요코제키 나고야 시장도 하마터면 아이를 잃을 뻔했다. 아들 다케노리(3세)가 불길이 세차게 타오르는 2층에 홀로 남겨졌기 때문이다. 그런데 거의 잿더미가 되어가던 집안에서 검은 개 한 마리가 아이를 물고 나왔다. 시장은 앞으로 나고야 시에서 들개를 잡는 행위를 금지하겠다고 밝혔다.

요미우리신문

오다와라마치 성내 공원에서 연일 인기를 끌었던 미야기 순회 동물원에서 일어난 일이다. 10월 25일 오후 2시경 시베리아 산 늑대 한 마리가 단단한 우리를 부수고 직원 2명에게 부상을 입힌 후 하코네 방면으로 도망쳤다. 오다와라 경찰서는 비상 동원령을 내리고 마을 전체에 경계선을 펼쳤다. 오후 4시 반경 마을에 나타난 늑대는 검은 개 한 마리와 싸우기 시작했다. 검은 개는 악전고투 끝에 마침내 늑대를 물어 쓰러뜨렸다. 그때 순찰 중이던 경찰이 곧바로 달려가 늑대를 사살했다. 이 늑대는 루푸스 지간틱스라는 매우 난폭한 종이라고 한다. 한편 미야기 동물원 주인은 늑대 사살이 부당하다면서 오다와라 서장을 고소하겠다고 위협하고 있다.

5

어느 가을날 한밤중에 몸도 마음도 지친 시로는 주인집으로 돌아왔습니다. 물론 아가씨나 도련님은 이미 잠자리에 들었습니다. 아니, 지금은 깨어 있는 사람이 아무도 없을 겁니다. 조용한 뒷마당 잔디밭 위에도 높다란 종려나무 우듬지에 하얀 달이 동그랗게 떠 있을 뿐입니다. 시로는 전에 살던 개집 앞에 이슬 젖은 몸을 뉘였습니다. 그리고 쓸쓸한 달을 쳐다보며 이렇게 혼잣말을 시작했습니다.

　"달님! 달님! 저는 구로를 죽게 내버려뒀습니다. 제 몸이 새까맣게 변한 것도 아마 그 때문일 겁니다. 하지만 저는 아가씨와 도련님에게 작별을 고하고 나서 온갖 위험과 싸웠습니다. 그을음보다 더 시커먼 몸을 볼 때마다 겁쟁이인 제 자신이 부끄러워졌기 때문입니다. 하지만 결국에는 검게 변한 내가 너무 싫어서, 이런 모습으로는 살아갈 수 없다는 생각에 불속에도 뛰어들고 늑대와 싸우기도 했습니다. 하지만 이상하게도 그 어떤 강적도 저의 목숨을 빼앗지는 못했습니다. 죽음조차도 제 얼굴을 보면 어디론가 멀리 도망쳐 버렸습니다. 저는 너무도 괴로운 나머지 목숨을 끊기로 결심했습니다. 다만 죽기 전에 저를 아껴준 주인님을 한 번 보고 싶은 마음입니다. 물론 아가씨나 도련님은 내일 제 모습을 보면 여전히 들개라고 생각하겠죠. 어쩌면 저는 도련님의 배트에 맞아 죽을지도 모릅니다. 그래도 간절히 기도합니다. 달님!

달님! 주인님 얼굴을 볼 수만 있다면 저는 더 이상 바랄
게 없습니다. 그래서 오늘 밤 다시 돌아왔습니다. 부디
날이 밝는 대로 아가씨와 도련님을 만날 수 있게 해주세
요.”

혼잣말을 마친 시로는 잔디밭에 고개를 늘어뜨리고
어느 사이엔가 곤히 잠들어 버렸습니다.

×　×　×

“이것 좀 봐. 하루오.”

“무슨 일이야? 누나.”

시로는 희미하게 들리는 주인의 목소리에 눈을 번쩍
떴습니다. 아가씨와 도련님은 개집 앞에 선 채로 신기하
다는 듯 얼굴을 마주보고 있었습니다. 시로는 한 번 눈
을 치켜떴다가 다시 잔디밭으로 내리깔았습니다. 아가
씨와 도련님은 시로가 새까맣게 변했을 때도 지금과 같
은 표정이었습니다. 그때의 슬픈 기억이 떠오른 시로는
괜히 돌아왔다는 생각마저 들었습니다. 그런데 바로 그
때였습니다. 도련님이 갑자기 펄쩍 뛰더니 크게 외쳤습
니다.

"엄마! 아빠! 시로가 다시 돌아왔어요!"

'시로가!' 시로는 저도 모르게 벌떡 일어났습니다. 그랬더니 도망이라도 치는 줄 알았나 봅니다. 아가씨는 두 손을 뻗어 시로의 목을 꽉 껴안았습니다. 동시에 시로는 아가씨의 눈을 가만히 바라보았습니다. 아가씨의 검은 눈동자에 개집이 선명하게 비쳤습니다. 키 큰 종려나무 그늘에 있는 크림색 개집. 그건 너무도 당연한 것이었습니다. 그런데 그 개집 앞에 쌀알만 한 크기의 흰 개가 한 마리 앉아 있었습니다. 청아하고 호리호리한 모습으로. 시로는 그저 황홀한 듯 넋을 잃고 그 개를 쳐다보았습니다.

"어머, 시로가 울고 있어."

아가씨는 시로를 끌어안은 채 도련님의 얼굴을 올려다봤습니다. 보세요, 우쭐거리는 도련님을!

"칫, 누나도 울고 있으면서!"

나카지마 아쓰시

호빙(狐憑)
문자 재앙
미라
산월기

박은정 옮김

나카지마 아쓰시(中島敦 1909~1942)

1909년 도쿄의 한문학 교육자 집안에서 태어났다. 나카지마 아쓰시는 중국 고전을 소재로 인간을 꿰뚫어보는 통찰력과 한문 특유의 리듬을 일본어로 살려 세련되고 격조 높은 문장을 완성했다. 또한 조선이나 남태평양 섬에 체류한 경험을 바탕으로 당시 군국주의 일본의 지배 하에 자유롭지 못한 암담한 시절을 중립적인 시선으로 바라보며 작품을 발표했다. 중국 고전을 소재로 한 「산월기」, 「이릉」, 「제자」 등의 대표작이 있고, 조선을 배경으로 한 「호랑이 사냥」, 「순사가 있는 풍경」, 그 밖에 「카멜레온 일기」, 「낭질기」, 「두남선생」, 「오정출세」, 「오정탄이」 등 다수의 작품이 있다. 지병인 천식으로 고통 받다가 심장 발작으로 서른셋의 나이에 요절하였다.

호빙(狐憑)*

네우리 부락에 사는 샤크에게 귀신 들렸다는 소문이 나돌고 있었다. 매, 늑대, 수달의 영혼이 가여운 샤크에게로 옮겨와 이상한 말을 토해낸다는 것이다.

훗날 그리스인들은 미개종족이었던 이 부족을 스키티아인**이라고 불렀다. 스키티아인 중에서도 샤크의 부족은 가장 특이한 종족이었다. 그들은 짐승의 습격을 막기 위해 호수 위에 집을 짓고 살았다. 호수 얕은 곳에

---

* 여우에 홀림. 정신이 이상한 상태나 그런 사람.
** 기원전 8세기부터 흑해 북쪽 연안의 초원지대에서 활약한 유목민족.

수천 개의 통나무를 박아 그 위에 나무판을 올려놓고 집을 지었다. 나무 바닥 곳곳에 구멍을 뚫어서 소쿠리를 매달아 호수에서 물고기를 잡고, 독목선을 타고 다니며 비버나 수달을 사냥했다. 삼베를 만들어 짐승의 가죽과 함께 몸에 두르고 다녔고 말고기, 양고기, 나무딸기, 마름 열매 등을 먹었다. 날젖이나 마유주도 즐겨 마셨는데 암말 배 속에 뼈로 만든 관을 집어넣고 노예들이 입으로 바람을 불면 젖이 똑똑 떨어지는 기법도 전승되어 내려오고 있었다.

네우리 부락의 샤크는 호반에 사는 부락민 중에서도 가장 평범했다.

그런 샤크가 변하기 시작한 건 동생 데크가 죽고 나서부터이다. 1년 전 봄의 일이다. 사납고 거칠기로 유명한 유목민 우그리족이 북방에서 쳐들어온 것이다. 말 위에서 언월도를 머리 위로 마구 휘두르며 질풍처럼 내달리는 부족이었다. 호반 사람들은 필사적으로 그들을 막아냈다. 호반에서 나와 침략자와 맞서 싸웠지만, 북방초원에서 막강한 힘을 자랑하는 이 용맹스러운 기마병들을 막아내기에는 역부족이었다. 그래서 다시 호수 위의 거처로 후퇴했다. 뭍으로 이어지는 다리 구조물을 제거하고 집집마다 창문에 총구를 만들어 투석기나 궁시로 싸웠다. 독목선을 마음대로 조종하지 못했던 유목민들은 호반 부족을 섬멸시키는 걸 포기하고 가축들만 빼앗아 질풍처럼 북방으로 다시 돌아갔다. 피로 물든 호반 위에는 머리와 오른손이 없는 시체 몇 구만 남아 있었다. 침략자들이 머리하고 오른손만 가져가 버린 것이다. 그들은 두개골 바깥 부분에 금을 입혀 해골 잔으로 사용했고, 오른손은 손톱 채로 껍질을 벗겨 장갑을 만들었다. 샤크의 아우인 데크도 그런 치욕을 당한 채 방치되어 있었다. 얼굴이 없었기 때문에 옷차림과 소지품으로 구별하는 것 외에는 다른 방법이 없었다. 샤크는 혁대 모양과 도끼 장식을 보고 동생의 시체를 찾아냈다. 그 참혹한 모습을 바라보던 샤크는 한동안 망연자실한 채 서 있었다. 동생의 죽음을 슬퍼하는 모습과는 어딘가 다른 것처럼 보였다고 사람들은 말한다.

그 후 얼마 안 있어 샤크는 기묘한 방언을 지껄이기 시작했다. 도대체 무엇 때문에 이런 기괴한 말을 토해내는지 이웃 사람들도 처음에는 알 수가 없었다. 말투로 봐서 그 모습은 산 채로 껍질이 벗겨진 야수의 영혼과도 같았다. 사람들은 고심한 끝에 야만인한테 참수 당한 동생 데크의 오른손이 하는 말이라고 결론을 내렸다. 사나흘이 지나고 샤크는 또 다른 영혼의 이야기를 하기 시작했다. 이번에는 누구의 영혼인지 금세 알 수 있었다. 무운(武運)이 다해 전장에서 쓰러지고, 죽은 다음 천지 신령한테 목덜미를 붙잡혀 끝없는 암흑의 피안으로 떨어져 버릴 때까지의 과정을 서글프게 말하는 것으로 봐서 동생 데크의 이야기가 틀림없었다. 샤크가 동생의 시체 옆에서 넋을 잃고 서 있을 때 데크의 영혼이 몰래 들어간 거라고 사람들은 생각했다.

물론 그때까지 가까운 육친이나 동생의 오른손에 빙의되었기에 그가 신들렸다고 해도 그렇게 이상하지는 않았다. 하지만 한동안 잠잠했던 샤크가 다시 방언을 토해내기 시작했을 때 사람들은 깜짝 놀랐다. 이번에는 샤크와 전혀 상관이 없는 동물이나 사람들의 이야기를 했기 때문이다.

지금까지 신들린 남자나 여자들이 종종 있기는 했지만 이처럼 잡다한 갖가지 것들이 한 인간에게 빙의한 예는 없었다. 어떤 날은 마을 호수에서 헤엄치며 맴도는 잉어가 샤크의 입을 빌려 물고기 비늘족의 고달픈 삶과 즐거움에 대해 말했다. 또 어느 날은 도오라스산에 사는 매가 호수와 초원과 산 그리고 거울처럼 아름다운 호수의 웅대한 조망에 관한 이야기를 했다. 초원에 사는 늑대가 하얀 겨울 달밤에 굶주리며 동토 위를 종일 걸어다니는 고통스러움을 토로한 적도 있었다.

사람들은 신기해서 샤크의 이야기를 들으러 찾아왔다. 이상하게도 샤크 역시(혹은 샤크의 잠재된 영혼도) 관객들이 많이 오기를 기대하고 있었다. 샤크의 청중들이 점점 늘어나던 어느 날 그들 중 한 사람이 이런 말을 했다.

"샤크가 하는 이야기는 신 들려서 하는 말이 아니야. 저건 샤크 자신이 생각해서 하는 말 같지 않아?"

"그래, 신들린 사람들은 보통 무아지경의 상태에서 말을 하지. 그러고 보면 샤크는 그런 광기도 없고 이야기가 아주 이치에 잘 들어맞는 것 같아. 조금 이상하긴 해."

그렇게 생각하는 사람들이 조금씩 늘어났다. 샤크도 그런 자신의 행동을 이해하지 못하고 있었다. 물론 신들린 것과 다르다는 건 본인도 잘 알고 있었다. 그런데 자신이 왜 이런 기묘한 행동을 몇 달 동안이나 계속하게 되었는지 그리고 왜 지치지도 않는 것인지 도무지 알 수 없었다. 그래서 그 역시 어쩌면 이건 신들림의 일종일지도 모른다고 생각했다. 처음에는 분명히 동생의 죽음을 슬퍼하며 시작한 일이었다. 동생의 잃어버린 머리나 손에 대해서 울분을 토하며 상상하던 중에 기묘한 말을 내뱉어 버렸다. 그것은 그가 지어낸 이야기라고는 할 수 없었다. 하지만 원래부터 공상을 좋아했던 샤크는 자신이 상상하는 것들을 다른 사람들한테 전달하는 데 재미를 느꼈다. 관객들은 점점 늘어만 갔다. 이야기의 극적인 전개에 따라 관객들도 긴장하거나 안도의 숨을 내쉬었다. 샤크도 그런 사람들의 표정을 보는 게 정말 재미있었다. 이야기의 구성도 날로 능숙해졌고 상상에 의한 정경 묘사도 점점 생기를 더해갔다. 본인도 놀랄 정도로 여러 장면이 선명하고 자세하게 상상 속에서 떠올랐다. 그 역시 정말 어떤 영혼이 자신에게 씌워진 거라고 생각할 수밖에 없었다. 당시에는 계속 이유도 없이 자꾸 떠오르는 이런 이야기들을 후세에까지 전할 수 있는 문자라는 게 없었다. 그리고 지금 자신이 연기하는 역할이 후세에 어떤 이름으로 불리는지도 물론 알 턱이 없었다.

어쩌면 샤크가 이야기를 지어낸 것일지도 모른다는 소문이 났는데도 청중은 좀처럼 줄지 않았다. 사람들은 오히려 새로운 이야기를 더 만들어 달라고 요구했다. 설령 그게 샤크가 지어낸 얘기라고 해도 평범한 그가 이런 훌륭한 이야기를 지어낼 수 있다면 그건 신이 내린 게 틀림없다고 생각한 것이다. 신내림을 경험한 적이 없는 사람들은 실제로 보지 못한 사건을 그렇게 상세하게 말하는 걸 상상조차 할 수 없었다. 사람들은 호반의 바위 그늘 밑이나 근처 숲속의 전나무 밑 혹은 산양 가죽을 걸어 놓은 샤크의 집 문간에 둘러앉아 그의 이야기를 들었다. 그들은 북방 산지에 사는 삼십 명의 도적 이야기이며 숲속 괴물 이야기나 초원의 황소 이야기 등을 즐겨 들었다.

젊은이들이 샤크의 이야기에 빠져 일을 게을리 하는 것을 보고 부락의 장로들은 못마땅하게 생각하고 있었다. 그들 중 한 사람이 말했다.

"샤크 같은 자가 나타난 건 불길한 징조야. 신내림을 받았다고 해도 이런 기묘한 신내림은 들어본 적이 없어. 만약 신내림이 아니라면 그것도 웃긴 거지. 저런 터무니없는 말을 계속 지껄여대는 미친 녀석을 난 본 적이 없거든. 아무튼, 저런 녀석이 갑자기 튀어나온 건 뭔가 자연의 이치를 거스르는 불길한 징조임에 틀림없어."

그런 말을 한 장로가 공교롭게도 표범 발톱을 가문의

상징으로 삼고 있는 유력한 집안의 사람이었다. 그 때문에 장로들은 노인의 말을 지지했다. 그들은 샤크를 배척하기 위해 몰래 계략을 꾸몄다.

샤크의 이야기는 점차 주변 사람들 이야기로 내용이 바뀌어 갔다. 매나 황소의 이야기로는 더 이상 청중들을 만족시킬 수 없었기 때문이다. 샤크는 아름다운 젊은 남녀의 이야기나 인색하고 질투심 많은 노파의 이야기, 타인들한테는 권위적이면서 자신의 늙은 부인한테만은 꼼짝 못 한다는 촌장의 이야기를 했다. 대머리 매처럼 머리가 벗겨진 주제에 아름다운 아가씨를 두고 젊은이와 경쟁을 하다가 비웃음을 산 노인 이야기를 했을 때 청중들이 일제히 웃음을 터뜨렸다. 사람들이 배를 잡고 웃기에 그 이유를 묻자, 샤크를 따돌리려고 했던 그 장로가 최근 그와 비슷한 일을 경험했기 때문이라고 했다.

장로는 더는 화를 참지 못하고 독사처럼 음흉한 계략을 꾸몄다. 부인을 다른 남자한테 빼앗긴 한 남자가 이 계획에 동참해 주었다. 그는 샤크가 자신을 비아냥거리는 말을 했다고 믿고 있었다. 두 사람은 샤크가 부락민으로서의 의무를 이미 내던져 버렸다는 사실에 주목하며 사람들의 주의를 끌려고 했다. 샤크는 낚시도 하지 않고 말을 돌보지도 않았으며 숲에서 나무도 베어오지 않고 수달의 가죽조차 벗기지 않았다. 북쪽 산에서 날카로운 바람이 거위 털 같은 눈송이를 몰고 온 이래, 샤크가 마을에서 일하는 걸 본 사람이 있냐고 물었다.

사람들도 그 말이 맞다고 생각했다. 실제로 샤크는 아무 일도 하지 않았다. 겨울을 나기 위해 필수품을 나눠 가질 시기가 되자 그런 사실은 점점 더 분명하게 느껴졌다. 가장 열심히 이야기를 들었던 샤크의 청중마저 그렇게 생각하고 있었다. 그래도 사람들은 여전히 샤크가 들려주는 이야기에 푹 빠져 있었기 때문에, 그에게 겨울 식량을 마지못해 나눠줬다.

그들은 두꺼운 털가죽으로 북풍을 피하고 짐승 똥이나 마른 나무를 태우는 돌 난로 옆에서 마유주를 마시면서 겨울을 보낸다. 그리고 호숫가 갈대가 싹트기 시작하면 다시 밖으로 나와 일을 시작했다.

샤크도 들로 나왔지만, 이전과는 달리 눈빛이 탁하고 멍해져 있었다. 그리고 사람들은 그가 더 이상 이야기를 하지 않는다는 사실을 깨달았다. 억지로 이야기해 달라고 요구해도 예전에 했던 이야기만 되풀이할 뿐이었다. 아니, 그것조차 만족스럽지 않았다. 그의 신내림은 생기를 잃어버렸다. 사람들은 샤크의 신내림이 사라졌다고 말했다. 이야기를 지어내는 신내림이 사라져 버린 게 분명하다고.

신내림이 사라졌지만 예전에 근면했던 습성은 다시 돌아오지 않았다. 샤크는 아무 일도 하지 않았고 이야기도 재미있게 만들지 못했다. 매일같이 그저 멍하니 호수를 바라보며 지내고 있었다. 그런 꼴을 볼 때마다 이야기를 들었던 사람들도 저런 얼빠진 게으름뱅이한테 소중한 겨울 양식을 나누어 준 걸 분하게 여기기 시작했다. 샤크가 속해 있는 부락의 장로들은 회심의 미소를 지었다. 부락에서는 쓸모없다고 여기는 자는 회의를 통해 처분할 수 있었기 때문이다.

경옥을 목에 걸고 긴 수염을 기른 부락의 유력자들이 수시로 의논하기 시작했다. 가족이 없는 샤크를 위해 나서는 자는 아무도 없었다.

때마침 우기가 시작되었다. 부락민들은 천둥소리를 가장 두려워하고 꺼려했다. 천둥은 하늘에 사는 외눈박이 거인의 분노와 저주의 소리라고 생각하고 있었던 것이다. 천둥이 한번 울려 퍼지면 모든 일손을 멈추고 조심스럽게 나쁜 기운을 떨쳐내야만 한다고 생각했다. 교활한 장로는 소뿔 두 개로 점쟁이를 매수해서 불길한 샤크의 존재와 최근의 빈번한 천둥소리를 결부시키는 데 성공했다. 결국 사람들은 다음과 같은 결정을 내렸다. 태양이 호수 중앙을 지나서 서쪽 호숫가 산모퉁이 기슭의 너도밤나무 가지 끝에 걸릴 때까지, 천둥이 세 번 이상 울리면 바로 다음 날 조상 대대로 내려오는 관습에 따라 샤크를 처분할 거라는 내용이었다.

그날 오후 어떤 이는 천둥소리를 네 번 들었다고 하고 또 다른 이는 다섯 번이나 들었다고 말했다.

다음 날 저녁 호반에서는 모닥불을 둘러싸고 성대한 향연이 벌어졌다. 커다란 솥에다 양고기와 말고기에 불쌍한 샤크의 살점까지 섞어 부글부글 끓이고 있었다. 먹을거리가 풍부하지 않은 이 부락에서는 병으로 죽은 자 외에는 거의 모든 사체가 식용으로 제공되는 것을 당연하게 여겼다. 샤크의 이야기를 가장 열심히 듣던 곱슬머리 청년도 모닥불에 얼굴을 달궈가며 샤크의 어깨 고기를 맛있게 먹고 있었다. 장로는 밉살스러운 원수의 대퇴골에 붙은 고기를 입에 넣고 빨았다. 뼈를 다 빨고 나서 멀리 던지자 퐁 하는 소리를 내며 호수 깊숙이 가라앉았다.

호메로스라고 불리는 맹인 마에오니데스가 그 아름다운 시를 읊기 훨씬 이전에 한 시인이 사람들한테 잡아먹혔다는 사실은 아무도 모를 것이다.

문자 재앙

도대체 문자의 정령이라는 게 정말 있다는 말인가?

아시리아 사람들은 수많은 정령이 있다고 믿었다. 한밤중 어둠 속에서 날뛰는 릴루, 릴의 암컷 릴리트 그리고 역병을 흩뿌리는 남타르, 죽은 자의 영혼인 에딤무, 유괴자인 라바스 등 수없이 많은 악령이 아시리아의 하늘에 가득 차 있었다. 그러나 문자의 정령에 대해서는 누구도 들은 바가 없었다.

앗수르바니팔* 대왕의 치세 20년, 니네베 궁정**에

묘한 소문이 떠돌고 있었다. 매일 밤 도서관***의 어둠 속에서 수군거리는 소리가 들린다는 것이다. 왕의 형이었던 샤마쉬 쉬움 우킨****이 반란을 일으켰고 대왕은 바빌론을 함락해서 전쟁이 겨우 진정되었을 무렵이었다. 분란 세력들이 또 음모를 꾸미지는 않는지 찾아다녔지만 그런 움직임은 보이지 않았다. 아무리 봐도 정령들이 떠드는 소리임이 틀림없었다. 최근에 왕 앞에서 처형된 바빌론 포로들의 원령이 떠드는 소리일 거라고 말하는 자도 있었지만 그게 아니라는 건 누구나 다 알고 있었다. 천 명이 넘는 바빌론 포로들은 죄다 혀가 뽑힌 채 죽임을 당했다. 그리고 그 혀를 모아 작은 산을 쌓아 올린 건 누구나 다 아는 사실이다. 혀가 없는 죽은 영들이 지껄일 리는 없었다. 별점을 보거나 양의 간으로 점을 쳐서 조사했지만, 결국 이건 서적들 혹은 문자들의 말소

---

* 기원전 668~627 재위. 아시리아 제국 말기의 왕. 학문을 사랑하고 수도 니네베에 세계에서 가장 오래된 도서관을 조성했다.

** 아시리아의 수도. 기원전 612년 메디아·카르디아의 공격을 받고 폐허가 되었다.

*** 19세기의 발굴로 신화, 어학, 역사 등에 관한 20만 장에 달하는 점토판이 발견되어 아시리아학 연구의 기초자료가 되었다.

**** 바빌로니아의 왕 앗수르바니팔의 형인 샤마쉬 쉬움 우킨이 기원전 652년 바빌로니아를 규합해서 반란을 일으켰다(형제 전쟁).

리라고 생각할 수밖에 없었다. 하지만 문자의 정령들(이게 존재한다면)이 과연 어떤 존재인지, 그에 대해서는 알 길이 전혀 없었다. 앗수르바니팔 대왕은 눈이 크고 곱슬머리인 나브 아헤 에리바 박사를 불러 이들 미지의 정령에 대해 연구하라고 명령했다.

그날 이후 나이 많은 나브 아헤 에리바 박사는 날마다 문제의 도서관(그곳은 이후 200년 동안 지하에 매몰되어 2300년이 지나고 나서 우연히 발굴될 운명이다)을 들락거리며 만 권의 서적을 샅샅이 살펴보면서 연구에 몰두했다. 메소포타미아에서는 이집트와 달리 파피루스가 생산되지 않았다. 사람들은 점토판에 복잡한 쐐기형 문자를 새겨 넣었다. 서적들은 기와로 되어 있었고 도서관은 도자기 가게의 창고와 비슷했다. 노박사의 책상(발톱이 달린 진짜 사자의 다리가 그대로 사용되고 있었다) 위에는 매일 기와들이 산처럼 높이 쌓이고 있었다. 그 무겁고 오래된 지식을 통해 그는 문자의 정령에 대한 가설을 만들려고 노력했지만, 소용이 없었다. 보르시파*의 나부**신이 문자

---

* 지금은 비르스 나므루드라고 부른다. 이라크 바빌론에서 약 20km 떨어진 곳에 있는 유적으로 고대 수메르의 도시였다.
** 바빌로니아 서법술(書法術)의 신. 지혜의 신이라고도 한다.

를 담당한다는 사실 외에 다른 기록은 찾을 수 없었다. 문자의 영이 있든 없든 그는 이 문제를 혼자서 해결하지 않으면 안 되었다.

박사는 책들과는 상관없이 오로지 문자만 노려보며 시간을 보냈다. 당시 점쟁이들은 양의 간을 바라보며 점을 쳤다. 박사도 그 방법을 쫓아서 계속 쳐다보고 또 조용히 관찰하면서 진실을 파악하려고 했던 것이다. 그러던 중 이상한 일이 발생했다. 어떤 글자를 한참 쳐다보고 있는데, 어느 순간 그 글자가 해체되어 의미 없는 하나하나의 선들이 뒤얽혀진 상태로밖에 보이지 않았다. 단순한 선들이 모여 어떻게 그런 소리와 의미를 갖게 되는 건지 도무지 이해할 수 없었다. 노학자 나브 아헤 에리바는 태어나서 처음으로 이런 신기한 사실을 깨닫고 깜짝 놀랐다. 지금까지 70년간 당연하다고 생각해 왔던 사실이 결코 당연하지도 필연적이지도 않았던 것이었다. 그는 눈이 번쩍 뜨인 것처럼 놀랐다.

'각기 다른 단순한 선이 일정한 소리와 의미를 갖게 되는 건 무엇 때문이란 말인가?'

이런 생각까지 미치자 노박사는 주저 없이 문자의 정령이 존재한다고 인정하지 않을 수 없었다. 영혼에 지배

되지 않는 손과 다리와 머리 그리고 손톱과 배가 인간이 아닌 것처럼, 하나의 정령이 이들을 지배하지 않는다면 어떻게 단순한 선의 집합이 소리와 의미를 가질 수 있단 말인가?

이 발견을 시작으로 지금까지 몰랐던 문자의 정령에 대해 조금씩 알게 되었다. 문자 정령의 수는 이 세상 모든 사물의 수만큼 많았다. 문자의 정령들은 들쥐처럼 새끼를 낳아 번식했다.

나브 아헤 에리바는 니네베의 거리를 하루 종일 돌아다니며 최근에 문자를 습득한 사람들을 붙잡고 문자를 알기 이전과 비교해서 뭔가 바뀐 점이 있는지 하나하나 끈질기게 물어봤다. 이 조사를 통해 문자의 정령과 인간에 대한 관계를 분명히 밝히고자 한 것이다. 그렇게 해서 이상한 통계자료가 완성되었다. 그 통계에 의하면 문자를 습득하고부터 갑자기 머리의 이를 잡을 수 없게 되었다든가, 눈에 먼지가 이상하게 많아진 것 같다든가, 지금까지 잘 보였던 하늘의 독수리가 보이지 않게 되었다든가, 하늘의 색이 이전만큼 파랗지 않다고 말하는 사람들이 압도적으로 많았다.

<문자의 정령이 인간의 눈을 망가뜨렸다. 이건 마치

구더기가 호두의 딱딱한 껍질에 구멍을 뚫고 그 안에 있는 알맹이를 교묘하게 파먹는 것과 같다.>

나브 아헤 에리바는 새로운 점토판에 기록하며 비망록을 만들었다. 문자를 습득하고 나서 기침이 자꾸 나오기 시작했다고 말하는 사람, 재채기가 나올 것 같아서 힘들었다는 사람, 딸꾹질하는 사람, 설사하게 됐다는 사람들이 상당수에 이르렀다. 노박사는 다음과 같이 적었다.

<문자의 정령이 인간의 코와 목 그리고 배 등에도 침범>

문자를 습득하고부터 갑자기 앞머리가 듬성듬성 빠지게 된 자도 있었다. 다리가 약해진 사람, 팔다리를 떨게 된 사람, 턱이 쉽게 빠지는 사람도 생겼다. 나브 아헤 에리바는 마지막으로 다음과 같이 쓰지 않을 수 없었다.

<문자의 해로운 점은 인간의 두뇌에 침투해서 정신을 마비시켜 버리는 능력이다.>

문자를 습득하기 전에 비해서 장인의 솜씨는 둔해졌고, 전사들은 소심해졌으며 사냥꾼은 사자를 놓치는 경우가 많아졌다. 이 사실은 통계에서도 분명하게 나타났다. 문자에 친숙해진 이후로 여자를 안아도 조금도 즐겁지 않다고 호소하는 자도 있었다. 하지만 이런 말을 꺼낸 사람은 일흔을 넘긴 노인이었기 때문에 이건 문자 탓

으로만 볼 수 없을지도 모른다. 나브 에헤 에리바는 다음과 같이 생각했다.

'이집트 사람은 물건의 그림자를 그 물건 영혼의 한 부분이라고 여기는데, 그렇다면 문자도 그런 그림자와 같은 걸까?'

사자라는 글자는 진짜 사자의 그림자인 건 아닐까? 그래서 사자라는 글자를 알게 된 사냥꾼은 진짜 사자 대신에 사자의 그림자를 노리게 되고, 여자라는 글자를 알게 된 남자는 진짜 여자 대신에 여자의 그림자를 안게 되는 건 아닐까? 문자가 없었던 필 나피슈팀의 홍수* 이전에는 기쁨도 지혜도 모두 인간의 속으로 들어왔다. 그런데 지금 우리가 아는 건 문자라는 베일을 쓴 기쁨의 그림자와 지혜의 그림자뿐인 것이다. 요즘 사람들은 기억력도 나빠졌다. 이것도 문자 정령의 장난질이다. 사람들은 이제 기록하지 않으면 아무것도 기억할 수가 없다. 옷을 입게 되면서부터 인간의 피부는 약해지고 추해졌으며, 운송 수단이 발명되고부터 인간의 다리는 약해지

---

* 고대 바빌로니아 영웅 이야기인 『길가메시 서사시』에 나오는 바빌로니아 홍수 전설.

고 못생겨져 버렸다. 문자가 보급되고 나서 우리들의 머리는 더 이상 작동하지 않게 된 것이다.

나브 아헤 에리바는 어느 독서광 노인을 알고 있었다. 그는 학식이 넓은 나브 아헤 에리바보다 더 아는 게 많았다. 그는 수메르어나 아라메아어뿐만 아니라 파피루스나 양피지에 기술된 이집트 문자까지 전부 읽을 수 있었다. 문자로 된 고대의 서적 가운데 그가 모르는 글자는 거의 없었다. 그는 투쿨티 니누르타 1세의 치세가 어땠는지, 언제였는지에 대해서는 몇 년의 몇 월 며칠이며 그날 날씨까지 소상히 알고 있었다. 그러나 오늘 날씨가 맑은지 흐린지는 알아차리지 못했다. 그는 소녀 사비츠가 길가메시*를 위로하는 말도 암송하고 있었다. 하지만 아들을 잃은 이웃에게 뭐라고 위로해야 할지는 잘 모른다. 그는 아다드 니라리 왕의 왕후인 샤무라마트가 어떤 의상을 즐겨 입었는지도 알고 있었다. 그러나 지금 자신이 어떤 옷을 입고 있는지는 전혀 인식하지 못하고 있었다.

'그는 문자와 서적들을 진정으로 사랑하고 있었단 말

---

* 『길가메시 서사시』의 주인공. 우르크 최초의 왕이라고 한다.

이지!'

　문자를 읽고 암송하고 애무하는 것으로는 만족하지 못했다. 그걸 너무 사랑한 나머지 그는『길가메시 서사시』의 가장 오래된 점토판을 갈아서 물에 녹인 다음 마셔 버린 적도 있었다. 결국 문자의 정령은 그의 눈을 무자비하게 망가뜨려 그는 심각한 근시가 되었다. 그는 서적을 코앞까지 바짝 붙이고 읽었기 때문에 매부리코 끝이 점토판과 자주 스쳤다. 그래서 코끝에 단단한 못이 박혀 버렸다. 문자의 정령은 또한 그의 척추까지 좀먹어 턱이 배꼽에 달라붙은 것처럼 등이 휘어버렸다. 그러나 그는 자신이 곱사등이라는 사실도 알지 못할 것이다. 곱사등이라는 글자라면 다섯 개국의 글자로도 쓸 수가 있었다. 나브 아헤 에리바 박사는 이 노인을 문자 정령의 제1호 희생자로 정했다. 하지만 그런 참혹한 외모에도 불구하고 이 노인은 실로 행복해 보였다. 부러울 정도였다. 이것도 수상하다면 수상하다고 할 수 있을 것이다. 나브 아헤 에리바는 그것도 문자의 정령이 사람을 미혹시키는 미약 같은 간교한 마력을 지녔기 때문일 거라고 생각했다.

　그때 마침 앗수르바니팔 대왕이 병에 걸렸다. 어의인

아랏드 나나는 이 병이 결코 가볍지 않다고 보고, 왕의 옷을 빌려 입고 아시리아의 왕처럼 꾸몄다. 죽음의 여신 에레슈키갈의 눈을 속여 대왕의 병을 자신의 몸으로 옮기려고 시도한 것이다. 이런 고대 의술에 대해 일부 청년들은 불신의 눈으로 보고 있었다. 비합리적인 방법이라고 생각한 것이다. 에레슈키갈 신이 그런 어린애 같은 속임수에 넘어갈 리 없다고 그들은 말했다. 석학인 나브아헤 에리바는 이 말을 듣고 불쾌한 표정을 지었다. 청년들처럼 무엇이든 이치에 맞추려고 하면 뭔가 석연치 않은 점들이 발생하는 것이다. 온몸이 때투성이인 남자가 한군데만, 예를 들면 발톱 끝만 지나치게 아름답게 장식하는 것처럼 말이다.

'신비로운 구름 속에 있는 사람들을 제대로 분별하지 못하는 게야.'

노박사는 얄팍한 합리주의도 일종의 병이라고 생각했다. 그리고 그 병을 번지게 한 건 의심할 여지없이 문자의 정령이었다.

젊은 역사가(혹은 궁정의 기록 담당자)인 이슈디 나브가 찾아와서 노박사에게 물었다.

"역사라는 게 뭔가요?"

노박사가 어이없다는 표정을 짓자 젊은 역사가는 설명을 덧붙였다. 지난번 바빌론 왕 샤마쉬 쉬움 우킨의 최후에 대해서 여러 이야기가 나돌고 있다는 것이다. 그가 스스로 불속에 몸을 던진 건 분명한 사실인데, 죽기 마지막 한 달 동안 절망한 나머지 말로 표현할 수 없을 정도로 음탕한 생활을 했다는 설이 있는가 하면, 매일 목욕재계하고 태양의 신 샤마슈에게 계속 기도했다는 설도 있었다. 그리고 첫 번째 왕비와 단둘이 불에 떨어졌다는 설이 있는가 하면 수백 명의 비첩을 불구덩이에 던지고 자신도 불 속으로 뛰어들었다는 설도 있었던 것이다. 여하튼 문자 그대로 연기가 되었다는 말인데 어느 말이 옳은지 도무지 알 수가 없었다. 최근에 대왕이 그 중 하나를 선택해서 기록하라고 명했다. 이것은 한 예에 불과하지만 역사라는 게 이래도 되냐고 젊은 역사가는 말했다.

　현명한 노박사가 현명한 침묵을 지키고 있는 걸 보고 젊은 역사가는 다음과 같이 질문을 바꿨다.

　"역사라는 게 예전에 존재했던 사실을 말하는 겁니까? 아니면 점토판의 문자를 말하는 것입니까?"

　사자 사냥과 사자 사냥의 조각상을 혼동하고 있는 듯

한 면이 있다고 박사는 느꼈다. 하지만 분명하게 말할 수 없었기 때문에 다음과 같이 대답했다.

"역사라는 건 예전에 존재하는 사실이고 동시에 점토판에 기술된 것이기도 하다네. 이 두 가지는 같은 것이지."

"그럼 기록되지 않은 부분은요?"

젊은 역사가가 물었다.

"기록되지 않은 부분? 기록되지 않은 부분은 없었던 거지. 싹이 나지 않은 씨앗은 결국 처음부터 없었던 게야. 역사라는 건 말이지 이 점토판을 말하는 거라고."

젊은 역사가는 실망한 얼굴로 박사가 가리키는 점토 기와판을 바라봤다. 그것은 이 나라 최고의 역사가 나브샤림 슈누가 기록한 사르곤 왕의 할디아 정벌 첫 페이지였다. 박사가 말하다 입에서 튀어나온 석류 씨가 점토판에 지저분하게 붙어 있었다.

"이슈디 나브요, 당신은 아직 모르는군. 보르시파 지혜의 신 나부의 심부꾼인 문자 정령들의 무서운 힘을 말이야. 문자의 정령들이 일단 어떤 사건을 포착해서 그걸 문자의 모습으로 그려내기라도 하면, 그 사건은 영원불멸의 생명을 얻을 수 있는 게야. 반대로 문자 정령의 힘으로 나타낼 수 없었던 사실은 그 어떤 것도 존재감을 잃어버린다는 말일세. 태고 이래 아누 엔릴 서*에 적혀 있지 않은 별은 어디에도 존재하지 않는다는 거지. 그건 아누 엔릴 서에 문자로 쓰이지 않았기 때문인 게야. 대 마루두크 성좌(목성)가 천계의 목양좌(오리온)의 경계를 침범하면 신들의 노여움을 사는 것도, 둥근 달 윗부분에 벌레(월식)가 나타나면, 아모루인**이 화를 입는 것도 모두 고서에 문자로 기록되었기 때문이야. 고대 수메리아 사람이 '말'이라는 짐승을 몰랐던 것도 그들에게 '말'이라는 글자가 없었기 때문인 게지. 이 문자 정령의 힘만큼 무시무시한 것도 없을 걸세. 자네나 우리가 문자를 사용해서 기록하고 있다고 생각하면 큰 오산이야. 우리는 그야말로 문자의 정령들이 시키는 일만 죽도록 하는 종인 셈이지. 하지만 문자 정령들이 일으키는 해악도 충분히 심각하다고 할 수 있지. 나는 지금 그걸 연구하는 중일세. 자네가 지금 역사를 기술하는 문자에 대해서 의

---

* 고대 바비로니아의 신으로 하늘의 신 아누, 물의 신 에아, 우주의 신 엔릴이 삼위일체가 되어 하나가 된다. 대대로 바빌로니아의 많은 왕은 그의 후예라고 칭했다.

** 구약성서에 나오는 아모리인. 팔레스티나에서 메소포타미아에 걸쳐 살고 있으며 기원전 1830년 함무라비 왕으로 알려진 바빌로니아의 제1왕조를 세웠다.

심을 품는 것도, 다시 말하면 자네가 문자와 너무 친해서 그 문자의 독기에 닿았기 때문일 게야."

젊은 사학자는 납득하지 못하고 돌아갔다. 노박사는 문자 정령이 장래가 촉망되는 청년도 망가트리는 모습을 보며 슬퍼했다. 문자와 너무 친해서 오히려 문자에 대해 의심을 품는 건 결코 모순된 일이 아니다. 지난날 박사는 먹성이 너무 좋아서 구운 양고기를 한 마리 다 먹어 치웠는데 그 뒤 얼마 동안은 살아 있는 양을 보는 것도 싫었던 적이 있었다.

청년 사학자가 돌아가고 얼마 안 돼서 나브 아헤 에리바는 얼마 남지 않은 곱슬머리를 만지며 생각에 잠겼다.

'내가 미쳤나? 왜 저 청년에게 문자 정령의 위력을 찬양한 거지?'

그는 몹시 억울하다는 듯 혀를 찼다.

'나마저 문자 정령한테 홀려 버린 건가?'

사실 이미 오래전부터 문자의 정령은 노박사에게 무시무시한 병을 일으키고 있었다. 문자의 영이 존재하는지 확인하기 위해 노박사가 글자 하나를 며칠 동안 계속 노려봤을 때부터 생긴 병이다. 그때부터 지금까지 일정한 의미와 소리를 가지고 있던 글자가 갑자기 분해되어 단순한 직선들의 조합이 되어 버린 것이다. 그 후 같은 현상이 문자 외의 모든 사물에서도 발생했다. 그가 집 한 채를 쭉 지켜보고 있으면 그 집이 그의 눈과 머릿속에서 목재와 벽돌로, 그리고 기와와 회반죽의 의미 없는 덩어리로 변해 버린다. 이게 어떻게 인간이 사는 곳에서 일어나는 건지 알 수 없었다. 인간의 신체를 봐도 마찬가지였다. 의미를 모르는 모든 기괴한 형태가 부분과 부분으로 분해되어 버리는 것이다.

"이런 모습을 하고 있는 게 정령 인간이란 말인가?"

도무지 이해할 수 없었다. 눈에 보이는 것만이 아니었다. 인간의 일상적인 모든 습관까지 이렇게 기이하게 분석하는 병 때문에 지금까지 알고 있던 의미를 죄다 잃어버렸다. 지금에 와서는 인간 생활의 근저가 의심스러워졌다. 나브 아헤 에리바 박사는 점점 미쳐갔다. 이 연구를 계속하면 결국 문자 정령들 때문에 생명을 잃게 될 거라고 생각했다. 공포심을 느낀 그는 서둘러 연구보고를 정리해서 앗수르바니팔 대왕에게 바쳤다. 물론 그 연구보고에 약간의 정치적인 의견을 덧붙였다.

<군사 대국인 아시리아는 지금 눈에 보이지 않는 문자의 정령한테 완전히 잠식되어 버렸다. 하지만 이를 알

아차린 자들은 거의 없다. 지금이라도 문자에 대한 맹목적인 숭배에서 벗어나지 않으면 나중에 몹시 후회할 것이다.>

문자의 정령이 이런 비방자를 그냥 놔둘 리가 없었다. 나브 아헤 에리바가 보고한 연구 결과를 보고 대왕은 심기가 매우 불편했다. 나부 신의 열렬한 신봉자로 당시 가장 일류 문화인이었던 대왕으로서는 당연한 일이었다. 대왕은 노박사에게 즉시 근신하라는 명령을 내렸다. 나부 아헤 에리바가 어릴 적부터 대왕의 사부가 아니었다면 아마 산 채로 껍질이 벗겨졌을 것이다. 생각지도 못한 왕의 노여움에 놀란 박사는 곧바로 이것 역시 교활한 문자 정령의 복수임을 알게 되었다.

하지만 그것만이 아니었다. 며칠 뒤 니네베의 아르벨라 지방에서 대지진이 발생했다. 박사는 마침 그때 자신의 서고 안에 있었다. 박사가 살던 집의 오래된 벽이 무너지고 책장이 넘어졌다. 수많은 서적, 아니 수백 장의 무거운 점토판이 문자와 함께 무시무시한 저주의 소리를 내며 이 비방자 위로 떨어져 버렸다. 그는 무참한 모습으로 압사 당하고 말았다.

미라

페르시아 왕 캄뷰세스*는 큐로스 대왕**과 캇산다네 왕비 사이에서 태어났다. 그가 이집트를 침략했을 때 휘하 장수 중에 파리스카스라는 자가 있었는데, 그의 부친은 페르시아보다 훨씬 동쪽에 있는 바크토리아 지방의 사람이었다고 한다. 파리스카스는 오랜 시간이 흘러도

---

* 캄뷰세스 2세(기원전 529~521). 아버지가 이루지 못한 이집트는 정복했지만, 카르타고나 에티오피아 원정에는 실패했다. 그게 만년의 그의 성격을 바꿔버렸다고 한다.
** 큐로스 2세(기원전 559~529). 바빌로니아, 아시리아, 시리아, 팔레스티나를 합병해서 페르시아 제국의 기초를 이루었다.

도시의 바람에 익숙해지지 않는 음울한 시골 사람이었다. 어딘지 모르게 몽상적인 면도 있어 상당한 지위에 올라섰음에도 불구하고 사람들은 그를 우습게 여겼다.

페르시아군이 아라비아를 지나 마침내 이집트 땅으로 들어갔을 무렵이었다. 파리스카스의 이상 행동이 동료와 부하들의 시선을 끌기 시작했다. 파리스카스는 익숙하지 않은 주변의 풍경을 신기하다는 듯 바라보다 알 수 없는 초조함에 불안한 표정으로 생각에 잠기곤 했다. 그리고 뭔가 떠올리려고 하다가 도저히 생각나지 않는다는 듯 안절부절못하는 모습이었다. 어느 날 이집트군 포로들이 진중으로 끌려왔을 때의 일이다. 그중 한 병사가 하는 말이 그의 귀에 들어왔다. 파리스카스는 잠시 기묘한 표정을 짓더니 갑자기 이집트 포로들이 하는 말이 들린다고 옆 사람에게 말했다. 자신은 이집트말을 모르는데, 무슨 까닭인지 그들이 하는 말은 알아들을 수 있다는 것이다. 파리스카스는 부하들을 시켜 그 포로들이 이집트 사람인지 알아보게 했다. 당시 이집트군은 그리스나 다른 나라에서 온 용병들이 대부분을 차지했기 때문이다. 포로가 이집트인이라는 말을 듣고 파리스카스는 불안한 표정으로 또다시 생각에 잠겼다. 그는 지금까지 단 한 번도 이집트에 발을 들여놓은 적이 없었고 또 이집트인도 만난 적이 없었기 때문이다. 전투가 한창 격해졌을 때도 그는 멍하니 생각에 잠겨 있었다.

전투에 패한 이집트군을 쫓아 고풍스런 흰 벽의 도시 멤피스*에 입성했을 때, 파리스카스의 침울한 흥분은 더욱 눈에 띄었다. 간질 환자가 발작을 일으키기 직전의 모습이었다. 얼마 전까지 그저 웃고만 있던 동료들도 조금씩 꺼림칙해하기 시작했다. 그는 멤피스 교외의 오벨리스크**에 새겨진 회화 문자를 낮은 소리로 읽어 내려갔다. 그러고는 동료들에게 비석을 세운 왕의 이름이며 그 공적들을 설명했다. 동료 장수들은 불편한 마음으로 서로의 얼굴만 쳐다봤다. 파리스카스의 표정도 굉장히 기묘했다. 파리스카스가 이집트의 역사에 정통하고 이집트 문자까지 읽을 수 있다는 건 본인은 물론이고 아무도 알지 못했던 사실이기 때문이다.

그 무렵부터 파리스카스의 왕 캄뷰세스는 점점 광폭

---

* 이집트에서 가장 오래된 도시. 도시의 신 프타를 섬기며 시내에는 왕궁이 있고 근처에 많은 피라미드가 있다.

** 고대 이집트의 방주상 기념비. 보통은 신전이나 왕의 묘지 제전 앞에 세워졌다. 방첨탑(方尖塔)이라고도 한다.

해져서 미치광이처럼 행동하기 시작했다. 그는 이집트의 왕 프삼메니토스에게 소의 피를 먹여서 죽였다. 그것만으로는 성에 차지 않았는지 반세기 전에 쓰러진 선왕 아마시스*의 시신까지 찾아내서 모욕을 주려고 했다. 캄뷰세스가 진정으로 원한을 품고 있었던 것은 아마시스왕 쪽이었다. 그는 직접 군대를 이끌고 아마시스왕의 묘소가 있는 사이스로 향했다. 사이스에 도착한 그는 아마시스왕의 무덤을 찾아내 그 시체를 꺼내 오라고 명령했다.

이집트 사람들은 이런 일을 마치 예견이라도 한 것처럼 아마시스왕의 무덤을 교묘하게 숨겨 페르시아 군인들이 찾지 못하게 만들어 놓았다. 페르시아 장수들은 사이스 시내 밖에 있는 수많은 묘지를 하나하나 파헤치며 찾아내야만 했다. 파리스카스도 그 묘지 수색대에 속해 있었다. 이집트의 귀족 무덤에는 미이라와 함께 수많은 보석과 장신구 그리고 활과 화살 같은 물건들이 매장되

---

* 사이스왕조(제26왕조)의 왕(기원전 569~526). 헤로도토스의 『역사』 3권 16장에 따르면, 캄뷰세스가 아마시스한테 딸을 요구했는데 그는 선왕 아프리에스의 딸을 자신의 딸로 속여서 보냈다. 이걸 알게 된 캄뷰세스가 분노해서 이집트 원정을 했다고 한다.

어 있었다. 다른 무리들은 약탈하는 데만 정신이 팔려 있었는데 파리스카스는 그런 것에는 눈길조차 주지 않고 침울한 얼굴로 묘지에서 묘지로 돌아다닐 뿐이었다. 흐린 날의 어슴푸레한 빛처럼 간혹 어두운 표정 어딘가에 한 줄기의 빛이 스칠 때도 있었지만, 이내 다시 불안한 어둠 속으로 돌아가 버렸다. 풀릴 것 같으면서도 풀리지 않는 뭔가가 마음에 걸렸다.

수색을 시작하고 며칠이 지난 어느 날 오후, 파리스카스는 아주 오래된 지하 무덤 안에 홀로 서 있었다. 동료들하고 부하들을 언제 놓쳐 버렸는지, 그리고 지금 그가 있는 곳이 시내 어디쯤인지 전혀 알 수 없었다. 여느 때처럼 몽상에서 깨어나 정신을 차리고 보니 아주 오래되고 어두컴컴한 묘실 안에 덩그러니 혼자 남아 있었다.

무덤의 어둠에 익숙해지자 눈앞에는 조상(彫像)과 기구(器具)가 어지러이 나뒹굴고 있었고 사방에는 부조(浮彫)와 벽화들이 가득했다. 관은 뚜껑이 떨어져 나가 내팽개쳐져 있는 상태였고 그 옆에 토용의 목이 두세 개 남아 있었다. 이미 페르시아 병사들이 약탈해갔다는 사실을 한 눈에도 알 수 있었다. 오래된 먼지 냄새가 차갑게 콧속으로 파고들었다. 깊은 어둠 속에서 커다란 응두

신(鷹頭神)의 조각상이 굳은 표정으로 이쪽을 쳐다보고 있었다. 바로 옆 벽화에는 늑대와 악어, 청해오라기 등 기괴한 동물 머리 모양의 신들이 우울하게 행렬하는 모습이 그려져 있었다. 얼굴도 몸통도 없는 거대한 눈(우치아토) 하나가 가늘고 긴 다리와 손을 뻗으며 그 행렬에 합류하고 있었다.

파리스카스는 거의 무의식 상태로 발을 움직여 안쪽 깊숙한 곳으로 들어갔다. 무언가 발에 걸려 넘어질 뻔했다. 발밑을 쳐다보니 미라가 나뒹굴고 있었다. 그는 아무 생각 없이 그 미라를 일으켜서 신상(神像)대에 세웠다. 며칠 동안 지겨울 정도로 봐 왔던 평범한 미라였다. 그대로 지나치려고 하다가 미라의 얼굴을 힐끗 쳐다봤다. 갑자기 차가운 건지 뜨거운 건지 알 수 없는 그 무언가가 등줄기를 스쳐 지나갔다. 그러자 미라의 얼굴에서 시선을 뗄 수가 없었다. 그는 자석에 이끌려가듯 꼼짝도 할 수 없는 상태로 그 얼굴을 계속 들여다봤다.

얼마나 오랫동안 거기에 있었던가?

그 사이에 그의 내부에서는 굉장한 변화가 일어난 듯한 느낌이었다. 그의 몸을 구성하는 모든 종류의 원소가 몸속에서 거품을 일으키며 끓고 있는 것만 같았다. 마치

과학자가 실험하는 시험관 속처럼. 끓어오르다가 잠시 가라앉자 원소들이 원래의 성질과는 전혀 다른 것으로 바뀌어 버리는 듯했다. 그는 어느새 마음이 평온해졌다. 정신을 차리자 이집트에 온 뒤로 계속 신경이 쓰여 견딜 수 없었던 일, 아침이 되면 기억이 가물가물한 전날 밤의 꿈처럼 기억날 것 같으면서도 도저히 생각나지 않던 일들이 이제야 분명해지는 느낌이었다.

"그래 이거였어."

그는 무의식중에 소리 내어 말했다.

"나는 원래 이 미라였던 거야. 틀림없어."

파리스카스가 이 말을 입 밖에 냈을 때 미라의 입술 끝이 약간 일그러지는 것 같았다. 어디선가 내려온 빛이 미라의 얼굴을 희미하게 비추고 있어서 그렇게 보였다.

어둠을 가르는 한줄기 섬광 속에서 머나먼 과거 세계의 기억이 한순간에 되살아났다. 오래전 그의 영혼이 이 미라에 머물던 동안의 수많은 기억이 떠올랐다. 사막에 작열하는 태양의 열기와 나무 그늘에 살랑거리는 바람, 범람한 뒤 풍기는 진흙 냄새, 혼잡한 거리를 돌아다니는 흰옷 입은 사람들의 모습, 목욕재계한 후의 향유 냄새, 어슴푸레한 신전 깊숙한 곳에서 무릎을 꿇었을 때의 차가운 돌의 감촉 같은 그런 생생한 감각과 기억들이 망각의 심연에서 한꺼번에 되살아났다.

'그 무렵의 나는 프타 신전의 사제였었나?'

그가 그렇게 추측하는 것은 예전에 보고 만지고 경험했던 일들이 지금 그의 눈앞에 나타났지만, 그 시절의 자신의 모습은 전혀 떠오르지 않았기 때문이다.

불현듯 자신이 직접 신전에 바쳤던 황소의 서글픈 눈동자가 떠올랐다. 그 눈은 자신이 잘 아는 누군가의 눈하고 매우 흡사했다.

"그래. 분명히 그 여자였는데."

갑자기 한 여자의 눈동자가, 분가루를 엷게 바른 얼굴이, 가냘픈 몸매에 익숙한 모습이, 게다가 그리운 체취까지 풍기며 나타났다.

'아아, 왠지 굉장히 정겹게 느껴지는구나. 그건 그렇고 저 여자는 노을 지는 호수의 붉은 새처럼 외로운 사람이구나.'

그건 의심할 여지도 없이 그의 아내였다. 신기하게도 이름이나 장소, 사물의 이름까지 제대로 생각나는 게 하나도 없었다. 이름이 없는 어떤 형태와 색 그리고 냄새와 동작이 거리나 시간의 관념과 기묘하게 뒤바뀐 채 신비한 고요함 속에서 그의 앞에 홀연히 나타났다가 홀연히 사라져 버렸다.

그는 미라를 더 이상 보고 있지 않았다. 그의 영혼이 신체를 빠져나가서 미라에 들어가 버린 것일까.

또 하나의 정경이 나타났다. 열이 심하게 나서 마루에 누워 있는 자신의 모습이었다. 옆에는 걱정스러운 얼굴로 자신을 들여다보는 아내가 있었다. 그 뒤에는 누구인지 모르겠지만 노인과 아이의 모습도 보였다. 심한 갈증을 느꼈다. 손을 움직이면 곧바로 아내가 다가와서 물을 먹여 주었다. 그리고 잠에서 깨어났을 때 열은 완전히 내렸다. 희미하게 눈을 뜨자 옆에서 아내가 울고 있었다. 뒤에 있는 노인도 울고 있는 듯했다. 갑자기 먹구름이 호수 위를 어둠으로 물들이듯 검푸른 커다란 그림자가 자신의 몸을 덮쳤다. 눈앞이 아찔해지는 듯한 하강감에 자기도 모르게 눈을 감아버렸다.

거기서 그의 과거 기억은 뚝 끊겼다. 그로부터 수백 년 동안 의식의 암흑이 계속된 것인가. 다시 정신을 차렸을 때는(즉, 지금 현시점이겠지만) 페르시아의 군인으로서(페르시아인으로서 수십 년의 세월을 보낸 뒤) 자신의 예전 모습인 미라 앞에 서 있었다.

기괴한 신비로움에 전율을 느꼈다. 그의 영혼은 북쪽 지방의 얼어붙은 겨울 호수처럼 굉장히 맑고 투명했으며 극도로 긴장된 상태였다. 지금도 매몰된 전생의 기억 밑바닥을 계속해서 응시하고 있었다. 심해의 어둠 속에서 스스로 빛을 발하는 눈먼 물고기처럼 그의 수많은 과거의 경험이 소리도 없이 거기에 잠들어 있었다.

그때, 어둠의 심연에서 그의 영혼의 눈이 기괴한 자신의 전생 모습을 찾아낸 것이었다.

전생의 자신이 어슴푸레한 작은 공간에서 어떤 미라와 마주보며 서 있었다. 부들부들 떠는 전생의 자신은 그 미라가 전전생의 자신의 몸이라는 걸 확인하지 않으면 안 되었다. 지금처럼 어슴푸레하고 스산하고 먼지 냄새 속에서 전생의 자신은 홀연히 전전생의 자신의 삶을 기억해낸다.......

그는 소름이 끼쳤다. 도대체 어떻게 된 일인가? 이 무시무시한 사실은. 두려움 없이 더욱 자세히 들여다보려면 전생이 불러낸 전전생의 기억 속으로 다시 들어가야만 했다. 어쩌면 전전전생의 자신의 모습을 봐야 하는게 아닐까 생각했다. 맞거울질 하는 것처럼 끊임없이 쌓여가는 기분 나쁜 기억이 연속적으로 펼쳐졌다. 아찔할 정도로 끝없이 이어지는 게 아닐까?

　파리스카스는 온몸에 소름이 끼쳐 도망치려고 했다. 하지만 그의 발은 얼어붙어 버렸다. 그는 여전히 미라의 얼굴에서 눈을 뗄 수가 없었다. 그 자리에 얼어붙은 채 호박색의 바짝 말라버린 몸을 마주하고 서 있었다.

　다음 날 다른 부대의 페르시아 병사들이 파리스카스를 발견했을 때, 그는 미라를 꽉 껴안은 채 고분 속 지하실에 쓰러져 있었다. 병사들의 도움으로 겨우 숨을 다시 내 쉬게 되었지만, 광기에 휩싸여 알 수 없는 헛소리를 지껄여댔다. 그는 페르시아어가 아니라 이집트말을 했다고 한다.

산월기

롱서*지방의 이징(李徵)은 학문에 능하고 재능이 뛰어난 인물이었다. 천보** 말년 젊은 나이에 호방***에 이름을 올리며 강남현의 위****에 임명되었다. 하지만 고집이 세고 쉽게 타협하지 못하는 성격인데다가 자부심이 강한 탓에 낮은 벼슬에 만족하지 못했다. 얼마 안 있어

---

* 중국의 간쑤성(甘肅省) 란저우(蘭西).
** 당나라 현종(742~755)의 연호.
*** 용호방(龍虎榜)의 약자. 과거에 합격한 사람의 이름을 쓴 나무판이나 종이.
**** 강남(江南)현은 양자강 이남 지역 일대. 위(尉)는 경찰이나 군사 업무를 담당하는 관리.

그는 관직을 버리고 고향인 곡략*으로 돌아가 다른 사람들과는 일절 교류도 하지 않고 오로지 시를 짓는 일에만 매달렸다. 하급관리가 되어 부패하고 속된 자들 앞에 무릎을 꿇느니 차라리 시인으로 후세에 이름을 남기고자 한 것이다. 그러나 작가로서의 명성은 얻지 못하고 날이 갈수록 생활은 궁핍해져 갔다. 이징은 점점 초조해지기 시작했다. 그의 모습은 날로 피폐해지고 살도 빠져 뼈가 두드러졌으며 부질없이 눈빛만 날카롭게 빛나고 있었다. 예전 진사에 급제했을 때 풍채 좋은 미소년의 모습은 어디에서도 찾아볼 수 없었다. 몇 년 뒤 결국 빈곤을 견디지 못하고, 처자식을 먹여 살리기 위해 뜻을 굽히고 동쪽 지방에서 관리직을 맡게 되었다. 이 같은 결심을 한 건 시를 짓는 일에 절망했기 때문이기도 했다. 예전 동기들은 이미 자신이 쳐다볼 수도 없는 고위직에 올라가 있는데, 이징은 이전에 자신이 무능력하다고 무시했던 자들의 명령에 따라야 하는 처지에 놓이게 된 것이다. 왕년에 뛰어난 수재로 인정을 받던 이징의 자존심이 얼마나 상했는지 상상도 하지 못할 것이다. 그

---

* 곡약(虢略)은 섬서성의 지명.

는 도저히 만족할 수 없었다. 그리고 점점 자신의 광기를 억누를 수 없었다. 1년 뒤 그가 일 때문에 여수* 근처에서 머물던 때였다. 한밤중 갑자기 그의 얼굴색이 바뀌더니 자리에서 벌떡 일어나 알 수 없는 말을 지껄이면서 그대로 뛰쳐나가 어둠 속으로 사라져 버렸다. 부근의 산을 다 찾아봤지만 아무런 흔적도 발견할 수 없었다. 그후 이징이 어떻게 되었는지 아는 사람은 아무도 없었다.

이듬해 진군**의 원참(袁傪)이라는 자가 감찰어사로 칙명을 받아 영남***지방으로 가는 길에 상어****지역에 머물게 되었다. 다음 날 아직 어둠도 가시지 않은 새벽 무렵, 일행이 출발하려고 하자 역리*****가 말했다.

"지금 가시는 길은 호랑이가 자주 출몰하는 지역입니다. 여행자들은 백주에만 다닐 수 있습니다. 아직 이른 새벽이니 날이 더 밝을 때까지 좀 기다리시는 게 어떠실런지요."

---

* 여수(汝水). 하남(河南)성에 흐르는 강의 이름.
** 진군(陳郡). 하남성 일대의 지명.
*** 영남(嶺南). 광동 광서성 일대.
**** 상어(商於). 하남성의 서쪽에 있는 지명.
***** 역리(驛吏). 숙소를 담당하는 관리.

원참은 일행이 많았던 탓에 역리의 말을 무시하고 출발했다. 새벽 달빛을 의지하며 숲속을 지나갈 무렵이었다. 역리의 말대로 수풀 속에서 호랑이 한 마리가 나타났다. 당장이라도 원참에게 달려들 것 같던 호랑이는 갑자기 몸을 휙 돌려 수풀 속으로 다시 몸을 숨겼다. 그리고 수풀 속에서 사람의 목소리가 들렸다.

"휴우, 큰일 날 뻔했군."

그렇게 누군가 중얼거렸다. 그 목소리는 원참이 어디선가 들어 본 적이 있는 익숙한 목소리였다. 공포 속에서도 그는 목소리의 주인공을 알아차렸다.

"아니, 이징의 목소리가 아닌가? 내 친구 이징 맞지?"

이징과 같은 나이에 진사에 급제한 원참은 친구가 없던 그에게 친한 벗이 되어주었다. 원참은 성격이 온화해서 자존심 강한 이징과도 충돌하지 않았다.

수풀 속에서는 한동안 아무런 소리도 들리지 않았다. 조용히 흐느끼는 듯한 희미한 울음소리가 이따금 새어나올 뿐이었다. 이윽고 나지막한 소리가 들려왔다.

"그래, 나는 롱서지방의 이징이라네."

공포심에서 벗어난 원참은 말에서 내렸다. 수풀 쪽으로 다가가 오랫동안 만나지 못한 옛 친구에게 말을 걸었다. 그리고 왜 수풀 속에서 나오지 않느냐고 물었다. 이징의 목소리가 대답했다.

"나는 지금 인간의 몸이 아니라네. 이런 모습으로 어떻게 옛 친구 앞에 나서겠는가? 그리고 자네도 내 모습을 보면 분명히 두려움을 느낄 게 틀림없다네. 하지만 뜻밖에도 이렇게 옛 친구를 만나게 되니 부끄러움도 잊을 만큼 감개무량하군. 이런 내 모습이라도 상관없다면 잠시 예전 자네의 벗 이징으로 나를 대해주지 않겠나?"

돌이켜 보면 그때의 원참은 이상하리만치 이 초자연적인 기이한 상황을 조금도 의심하지 않고 있는 그대로 받아들였다. 그는 부하에게 명해서 일행이 잠시 쉬어가도록 했다. 그리고 풀숲으로 다가가 그 목소리와 대화를 나누었다. 수도 장안의 소식이며, 옛 친구들 이야기 그리고 원참의 지위에 대해서 이야기했다. 그러자 이징은 축하의 말을 건넸다. 청년 시절 친하게 지냈던 두 사람은 격의 없는 대화를 나눴다. 대화를 주고받고 나서 원참은 이징이 왜 이런 모습이 되었는지 물었다. 숲속에서 들리는 이야기는 다음과 같았다.

"지금부터 1년 전의 일이라네. 나는 길을 떠나 여수

근처에서 하룻밤 머물었지. 한숨 자고 일어났는데 문밖에서 누군가 내 이름을 부르는 거야. 밖으로 나가 보니 어둠 속에서 그 소리가 자꾸 나를 불렀다네. 나도 모르게 목소리를 쫓아 달리기 시작했지. 정신없이 달리다 보니 어느새 길은 숲속으로 향했고 나는 두 팔을 땅에 내딛고 달리고 있었던 거야. 온몸에 힘이 넘쳐 바위를 가볍게 뛰어넘었지. 정신을 차려 보니 손끝과 팔꿈치 부근에 털이 나 있었어. 날이 밝자 계곡물에 내 모습을 비춰 봤는데 이미 호랑이가 되어 있었다네. 처음에는 내 눈을 의심했지. 그리고 이건 분명히 꿈일 거라 생각했어. 그런 거 있잖아. 꿈속에서도 꿈이라는 걸 아는 거 말이야. 하지만 꿈이 아니라는 사실을 깨달았을 때 망연자실했다네. 그리고 두려웠지. 앞으로 무슨 일이 생길지 불안해서 견딜 수 없었어. 나한테 왜 이런 일이 일어났는지 그걸 모르겠어. 나는 아무것도 알 수가 없다네. 이유도 모르는 채 주어진 삶을 받아들이고 이유도 모르는 채 살아가는 게 우리 살아 있는 자들의 숙명인 게지. 나는 곧바로 죽으려고 생각했어. 하지만 그때 눈앞에서 토끼 한 마리가 뛰어가는 모습을 보자 내 안의 인간은 사라져 버렸다네. 그리고 다시 인간으로 돌아왔을 때는 이미 입가가 토끼의 피로 얼룩졌고 주변에는 토끼털이 흩어져 있었지. 이게 내가 호랑이가 되고 나서 처음 경험한 일이었어. 그 후 어떤 짓을 하며 지금까지 살아왔는지 도저히 말로 다 할 수 없다네. 그래도 하루 중 몇 시간 정도는 반드시 인간으로 돌아온다네. 그럴 때는 예전처럼 인간의 말도 구사하면서 복잡한 사고도 할 수 있지. 경서*의 구절도 암송할 수 있다네. 하지만 난 인간으로 돌아왔을 때가 더 끔찍해. 왜냐하면 내가 호랑이가 되어 저지른 잔악한 짓이 떠오르거든. 그런 내 삶을 되돌아보면 너무 한심하고 화가 나더군. 하지만 이제 인간으로 돌아가는 그 몇 시간조차 점점 줄어들고 있어. 얼마 전까진 내가 왜 호랑이가 된 건지 의문이었는데, 지금은 내가 정말 이전에 인간이었는지 그게 더 의심스럽다네. 정말 두려운 일이야. 이제 조금만 더 있으면 내 안에 남아 있던 인간적인 모습은 완전히 자취를 감추고 짐승이 되어 버릴 걸세. 마치 오래된 궁전의 초석이 점차 흙 속에 매몰되어 가듯 말이야. 그렇게 되면 결국 난 과거를 모두 잊어버리고 한 마리 호랑이가 되어 미쳐 날뛸 걸세. 오늘처

---

* 사서오경.

럼 옛 친구를 우연히 만나도 알아보지 못하고 잡아먹어 버리겠지. 그러고도 아무런 감정도 느끼지 않을 게야. 짐승인지 인간인지, 뭐가 먼저였는지 처음에는 기억하고 있었지만, 그 기억도 점차 사라지고 있어. 처음부터 이런 모습이었다고 생각하게 되는 거지. 아니, 그런 건 아무래도 좋아. 내 안의 인간적인 모습이 완전히 사라져버린다면 그게 오히려 마음 편할지도 모르겠네. 하지만 내 안의 인간은 그걸 가장 두려워하고 있어. 아아, 이 얼마나 끔찍하고 서글프고 또 가슴 아픈 일이란 말인가! 내가 인간이었다는 기억이 사라진다니. 이런 기분은 아무도 모를 걸세. 아무도 몰라. 나와 같은 처지가 되어 보지 않으면. 아, 그렇지. 나의 인간적인 모습이 완전히 사라지기 전에 한 가지 부탁이 있다네."

원참을 비롯해서 일행은 숨죽이고 풀숲에서 들려오는 신비한 목소리에 귀를 기울이고 있었다. 그는 계속 말을 이어나갔다.

"나는 원래 시인으로서 이름을 남길 생각이었어. 하지만 아무 성과도 거두지 못하고 이런 처지가 되고 말았지. 예전에 써놓은 시가 몇 백 편 있는데 아직 세상에는 알려지지 않았다네. 그 시들이 어디에 있는지 파악조차 할 수 없어. 그런데 지금도 암송할 수 있는 시가 몇 편 있는데 그걸 기록으로 남겨주었으면 하네. 내가 이걸로 제대로 된 시인 흉내나 내보자고 하는 건 아닐세. 내용이 좋은지 나쁜지도 모르겠고. 그저 삶이 파탄에 이르고 미쳐버리기 전까지 평생 집착해 왔던 걸, 그 일부나마 후세에 전하지 않고는 죽어도 죽을 수가 없을 것 같다네."

원참은 부하에게 붓을 가져오라고 명하고 풀숲에서 들려오는 시를 받아 적도록 했다. 이징의 목소리는 수풀 속에서 낭랑하게 울려 퍼졌다. 짧고 긴 시가 30편이었는데 격조 있고 우아했으며, 또한 정취가 있는 탁월한 시였다. 한 편을 쭉 읊어 나가자 다들 작가의 비범한 재능을 알아보았다. 그러나 원참은 감탄하면서도 이런 생각이 어렴풋하게 들었다.

'과연 재능이 있다는 건 의심할 여지가 없군. 그런데 일류의 작품이라고 하기에는 어딘가(굉장히 미묘하지만) 부족하군.'

자신의 시를 다 읊은 이징은 갑자기 목소리를 바꾸더

니 자조하듯이 말했다.

"부끄럽지만 지금 이런 꼴을 하고도 나는 내 시집이
장안* 풍류객들의 책상 위에 놓인 모습을 꿈꾸고 있다
네. 동굴 속에 살면서도 그런 꿈을 꾸다니 나를 실컷 비
웃게나. 시인이 되지 못하고 호랑이가 되어버린 비참한
인간을."

원참은 예전 청년 시절 이징이 자조하던 모습을 떠올
리며 서글픈 마음으로 듣고 있었다.

"어차피 이렇게 웃음거리가 되었으니 지금의 심정을
시로 한번 읊어 볼까? 이 호랑이 속에 예전의 이징이 아
직 살아 있다는 증거로 말야."

원참은 또 다시 부하에게 명해서 이것도 받아서 적게
했다.

---

* 당나라 시대의 수도. 지금의 서안.

偶因狂疾成殊類(우인광질성수류)   災患相仍不可逃(재환상잉불가도)

今日爪牙誰敢敵(금일조아수감적)   當時聲跡共相高(당시성적공상고)

我爲異物蓬茅下(아위이물봉모하)   君己乘軺氣勢豪(군이승초기세호)

此夕溪山對明月(차석계산대명월)   不成長嘯但成嘷(불성장소단성호)

생각지도 못한 광기에 사로잡혀 짐승이 되어 버렸다.
재난과 질병이 겹쳐서 도망갈 수도 없다.

지금에 와서 내 발톱과 엄니를 누가 대적하겠냐마는.
예전에는 자네와 나 둘 다 평판이 높았었지.

하지만 나는 짐승의 모습으로 수풀 속에 있고
자네는 위세가 높은 고관으로 가마를 타는 신분이네.

오늘밤 산골짜기 밝게 비추는 달을 바라보며
나는 시를 제대로 읊지도 못하고 그저 슬프게 울부짖을 뿐이다.

  차가운 새벽 달빛과 밤이슬이 대지를 적시며, 나무 사이를 빠져나가는 찬바람이 동틀 무렵이 가까워졌음을 알려주고 있었다. 사람들은 기이한 현상을 다 잊어버리고 숙연해지며 시인의 불행을 한탄했다. 이징의 목소리는 다시 이어졌다.

"왜 이런 운명이 되었는지 아까는 잘 모르겠다고 했지만, 생각해보니 짐작이 가는 부분이 전혀 없는 것도 아니라네. 인간이었을 때 나는 사람들과 교류하는 걸 기피했어. 그래서 사람들은 나를 오만하고 자존심이 강하다고 생각했었지. 실은 그걸 내가 수치스러워한다는 걸 사람들은 몰랐을 걸세. 물론 고향에서 뛰어난 인재로 대접받던 내가 자존심이 없었다고 말하지는 않겠네. 하지만 그건 소심한 자존심이라고 할 수 있을 걸세. 나는 시로 명성을 얻고자 하면서도 스승을 찾지도 않았고, 친구들과 어울리며 절차탁마(切磋琢磨)*하지도 않았다네. 그렇다고 속물들 축에 끼는 것도 원하지 않았었지. 생각해보면 모든 건 나의 소심한 자존심과 오만한 수치심 탓이야. 내가 재능이 없으면 어쩌나 하는 두려움을 느끼면서도 실력을 갈고 닦으려는 노력을 하지 않았고, 그러면서 한편으로 내가 재능이 있다는 걸 어느 정도 믿었기 때문에 평범한 사람들과도 섞이지 못했어. 나는 세상과 동떨어진 채 사람들과 멀어졌고, 수치와 분노는 내 안에 소

---

* 옥이나 돌을 갈고 닦아서 빛을 낸다는 의미. 즉 부지런히 학문과 덕행을 닦는다는 말.

심한 자존심만 키우는 결과를 낳았던 거야.

　인간은 누구라도 맹수를 부릴 수 있다네. 또한 우리 마음에는 맹수가 도사리고 있는 거지. 내 경우는 바로 오만한 수치심이 맹수였던 걸세. 그게 호랑이였던 게야. 이게 나를 망가뜨리고 처자를 힘들게 하고 친구들에게 상처를 입혔어. 결국, 이런 마음과 딱 맞게 겉모습도 바뀌어 버린 거지. 지금 생각하면 정말이지 내가 가진 얼마 안 되는 재능마저 허비해 버린 셈이야. 인생은 아무것도 이루지 않기에는 너무 길지만 뭔가를 이루기에는 짧다는 경구(警句)를 읊조릴 수밖에 없는 거지. 사실 내 재능이 부족하다는 게 들통날까봐 겁을 먹으면서도 각고의 노력도 하지 않았던 나태함이 가장 큰 잘못이었다네. 나보다 재능이 없는데도 그걸 갈고닦아 당당한 시인이 된 자들도 얼마든지 있는데 말이야. 호랑이가 되어 버린 지금에야 그걸 깨닫다니. 가슴이 불타는 듯한 회한을 느끼고 있다네. 이제 나는 인간으로는 살아갈 수 없을 거야. 설령 지금 내가 머릿속에서 아무리 훌륭한 시를 짓는다고 해도 그걸 어떻게 발표할 수가 있겠는가? 날이 갈수록 난 호랑이에 가까워지고 있으니. 그리고 내가 보낸 허송세월을 어찌하면 좋겠는가? 그런 생각을 하면 미칠 것만 같아. 그럴 때마다 나는 맞은편 산봉우리에 올라가 텅 빈 골짜기를 향해서 울부짖는다네. 가슴이 찢어지는 듯한 서글픔을 누군가에게 호소하고 싶은 게지. 어젯밤에도 나는 달을 쳐다보며 한참을 울부짖었다네. 누군가 이 괴로움을 알아주었으면 하는 심정으로 말이야. 하지만 내 울음소리를 들으면 다들 무서워서 엎드릴 뿐이라네. 산이고 나무고, 달이나 안개조차도 그저 성난 호랑이가 미쳐 포효하는 거라고만 생각하는 거지. 하늘로 뛰어오르고 땅에 엎드려 탄식해도 누구 하나 내 심정을 알아주지 못할 걸세. 그건 마치 내가 인간이었을 때 상처받기 쉬운 마음을 아무도 알아주지 않았던 것과 마찬가지인 거지. 내 털가죽이 젖어 있는 건 단지 밤이슬 때문만은 아니라네."

　점차 어둠이 걷히고 날이 밝아왔다. 어디선가 아침을 알리는 뿔피리 소리가 서글프게 울려 퍼지기 시작했다.

　"이제 이별을 고해야겠네. 호랑이로 돌아갈 시간이 다가왔어. 그런데 말야, 헤어지기 전에 한 가지 더 부탁할 게 있군. 내 처자가 아직 괵략에 살고 있는데 그들이 어떻게 사는지 나는 아무것도 모르고 있다네. 자네가 남쪽에서 돌아간다면, 내가 이미 죽었다고 전해주지 않겠나? 지금 내 처지를 알리고 싶진 않아. 뻔뻔스러운 부탁이지만, 도와주는 사람 하나 없는 내 가족을 불쌍히 여겨 길바닥에서 굶주리거나 추위에 떨지 않도록 자네가 보살펴준다면 그보다 더 큰 은혜는 없을 걸세."

말이 다 끝나자 풀숲에서 통곡 소리가 들려왔다. 원참도 눈물을 머금고 기꺼이 이징의 부탁을 들어주겠다는 뜻을 전했다. 그러자 이징의 목소리는 갑자기 또다시 조금 전의 자조적인 상태로 돌아갔다.

"사실 이런 부탁을 가장 먼저 했어야 하는데, 내가 제대로 된 인간이었다면 말이야. 추위에 떨며 굶주리는 처자보다 내 초라한 시에만 신경을 쓰니까 이런 짐승의 몸으로 추락한 거겠지."

그리고 덧붙여서 말했다.

"원참, 자네가 영남에서 돌아올 때는 절대로 이 길로

지나가지 말아 주게. 내가 또다시 호랑이가 되면 그때는 옛 친구도 알아보지 못하고 덮칠지도 모르니까. 그리고 이제 헤어지고 나면 백 보 앞에 있는 언덕에 올라가 이쪽을 돌아봐 주게나. 지금의 내 모습을 한 번 더 보여주겠네. 결코 용맹스러운 모습을 자랑하려는 게 아니야. 추악한 내 모습을 똑똑히 보여줘서 두 번 다시 날 만날 생각이 들지 않게 하려는 걸세."

원참은 수풀을 향해 공손하게 이별 인사를 하고 말에 올라탔다. 수풀 속에서는 또다시 비통한 울음소리가 새어 나왔다. 원참도 눈물을 닦으면서 몇 번이나 뒤돌아보며 발길을 돌렸다.

언덕 위에 도착한 일행은 그의 말대로 뒤돌아서 조금 전의 수풀을 바라보았다. 그 순간 갑자기 호랑이 한 마리가 덤불 속에서 길 위로 뛰쳐나오는 모습이 보였다. 호랑이는 하얀 빛을 잃은 달을 향해 두세 번 포효하더니 다시 수풀 속으로 자취를 감춰 버렸다.

미야자와 겐지

주문이 많은 음식점

서홍 옮김

미야자와 겐지(宮沢賢治 1896~1933)

시인, 동화작가, 교사, 종교가. 이와테현 하나키 출생인 미야자와 겐지는 중학교 3학년 때부터 이시가와 다쿠보쿠의 영향으로 단가를 짓기 시작했다. 모리오카 고등농림학교 재학 당시 동인지 《아자리아》를 발행하여 단카와 단편 등을 기고했다. 불교 신앙과 농민 생활에 뿌리를 두고 창작 활동을 한 그의 작품에는 유복한 출생과 농민들의 고단한 삶의 대비에서 오는 속죄 의식과 자기 희생정신이 흐르고 있다. 의성어를 많이 사용하고 운문 같은 리듬의 문체적 특징을 보이는 그의 동화는 동시대 주류의 아동문학과는 이질적인 것으로 평가된다. 많은 시와 동화를 남겼으나 생전에 간행된 작품은 시집 『봄과 수라』와 동화집 『주문이 많은 요리점』 두 권뿐이다. 구사노 신페이의 『미야자와 겐지 추도』 출판이 주목을 받으며 유고집 간행이 이어져 그의 작품이 세상에 알려지게 되었으며 일본의 국민적 작가로 사랑받고 있다.

주문이 많은 음식점

마치 영국 병사 같은 차림을 한 젊은 신사 두 명이 깊은 산 속, 나뭇잎이 바삭거리는 길을 걷고 있습니다. 그들은 어깨에 번쩍거리는 총을 메고 흰곰같이 생긴 개 두 마리를 데리고 있었습니다.

"도대체가 이 근처 산은 정말 별 볼 일이 없다니까. 새고 짐승이고 한 마리도 없잖아. 뭐든 상관없으니까 빨리 총을 쏴보고 싶은데 말이야."

"사슴의 누리끼리한 옆구리에 총알을 두세 발 맞히면

정말 통쾌할 텐데, 빙글빙글 돌다 풀썩 쓰러지겠지.”

그곳은 정말 깊은 산속이었습니다. 안내를 맡은 전문 사냥꾼도 갈팡질팡하다 어딘가로 가버렸을 정도입니다.

게다가 산이 너무 험해서 흰곰같이 생긴 개 두 마리가 어지럼증을 일으키더니 잠시 짖다가 거품을 물고 죽어 버렸습니다.

“이런, 2400엔이나 손해를 봤어.”

신사 한 명이 개의 눈꺼풀을 뒤집어 보고 말했습니다.

“난 2800엔 손해라고.”

다른 한 명도 분하다는 듯이 고개를 숙이고 말했습니다.

안색이 나빠진 한 신사가 다른 신사를 쳐다보면서 말했습니다.

“난 이제 그만 돌아가야겠어.”

“그렇다면 나도 가야겠어. 좀 춥고 배도 고프군.”

“그럼, 그만 갈까. 돌아가는 길에 어제 묵었던 곳에서 산새를 십 엔어치 정도 사 가면 될 거야.”

“거기에 토끼도 있었어. 그렇게 하면 사냥한 것처럼 보일 거야. 이만 가자고.”

하지만 그들은 어느 쪽으로 가야 돌아갈 수 있는지 전혀 알 수 없었습니다.

바람이 불자 풀은 사각사각, 나뭇잎은 버석버석, 나무는 둥둥 울렸습니다.

"아, 배가 너무 고픈데. 아까부터 옆구리가 땅겨서 도저히 못 참겠어."

"나도 그래, 더 이상 못 걷겠어."

"뭐 좀 먹었으면 좋겠는데."

두 신사는 바삭거리는 억새 숲속에서 이런 대화를 나누었습니다.

그러다 문득 뒤를 돌아보니 멋진 서양식 집 한 채가 보였습니다.

그리고 현관에는 이런 간판이 세워져 있었습니다.

RESTAURANT

서양 음식점

WILDCAT HOUSE

살쾡이네

"이야, 마침 잘 됐군. 식당이 있잖아. 들어갈까?"

"그런데, 이런 곳에······ 좀 이상하긴 하지만, 뭐든 좀 먹을 수는 있겠지."

"당연하지. 간판에 음식점이라고 쓰여 있잖아."

"일단 들어가자고. 너무 배가 고파서 쓰러질 지경이야."

두 사람은 현관 앞에 섰습니다. 하얀 타일이 깔린 현관은 정말 멋졌습니다.

거기에는 유리문이 달려 있었는데 금박으로 이렇게 쓰여 있었습니다.

누구든 대환영입니다.
망설이지 말고 들어오십시오.

두 사람은 만족스러워하며 말했습니다.

"이것 봐. 역시 죽으라는 법은 없어. 오늘 온종일 운이 없었는데 이렇게 좋은 일도 있잖아. 이 음식점은 음식을 공짜로 주는 모양이야."

"그런가 보군. 망설일 필요 없다는 건 그런 뜻일 거야."

두 사람이 문을 밀고 안으로 들어가자 긴 복도가 나왔습니다. 그리고 유리문 뒤쪽에는 금박으로 이렇게 쓰여 있었습니다.

살이 찌신 분과 젊으신 분, 대환영!

이걸 보고 두 사람은 더 좋아했습니다.

"이것 봐, 우리야말로 대환영이겠군."

"우린 젊은데다 살도 쪘으니까."

성큼성큼 복도를 걸어가니 이번에는 하늘색 페인트로 칠한 문이 나왔습니다.

"좀 희한한 집이군. 왜 이렇게 문이 많은 거지?"

"러시아식이라 그래. 추운 지방이나 산속 같은 데는 다 이렇게 돼 있어."

이어서 두 사람이 그 문을 열려는 순간 위에 노란색으로 이렇게 쓰여 있는 게 보였습니다.

우리 집은 주문이 많은 음식점이니
이 점 부디 양해해 주시길 바랍니다.

"장사가 제법 잘되나 보군. 이런 산속에서."

"그야 그렇겠지. 생각해 봐. 도쿄의 유명한 음식점도 큰길가에는 별로 없잖아."

둘은 그런 얘기를 주고받으며 문을 열었습니다. 그러자 문 뒤쪽에 이렇게 쓰여 있는 게 보였습니다.

주문이 상당히 많습니다만,
부디 하나도 빠짐없이 실행해 주십시오.

"이건 대체 뭐라는 거야." 신사 한 명이 얼굴을 찌푸렸습니다.

"응, 이건 아마 주문이 너무 많아서 준비하는 데 시간이 걸리니까 양해해 달라는 걸 거야."

"그렇겠지? 아무튼 빨리 방으로 들어갔으면 좋겠는데."

"그러게, 얼른 자리에 좀 앉고 싶군."

그런데 번거롭게도 문이 하나 더 있었습니다. 그리고 옆에 거울이 있었는데 그 아래에는 긴 손잡이가 달린 브러시가 놓여있었습니다.

문에는 빨간색으로 이렇게 쓰여 있었습니다.

고객님, 여기서 머리를 깨끗이 빗으시고
신발의 먼지를 털어 주십시오.

"너무 당연한 거 아냐. 사실 아까 현관에서는 산속에 있는 식당이라고 우습게 봤거든."

"아주 격식을 차리는 집이군. 틀림없이 제법 유명한

사람들이 자주 오는 곳일 거야."

두 사람은 머리를 말끔히 빗고 구두의 먼지도 털었습니다.

그랬더니 이게 무슨 일인가요. 원래 자리에 빗을 놓자마자 빗이 희미해지면서 사라지더니 안으로 바람이 불어왔습니다.

깜짝 놀란 둘은 서로 바싹 붙어서 문을 활짝 열고 다음 방으로 들어갔습니다. 빨리 따뜻한 걸 먹고 힘을 내지 않으면 더 이상 버틸 수 없을 것 같았습니다.

문 안쪽에 또 이상한 글이 쓰여 있었습니다.

총과 총알은 여기에 놓아두십시오.

바로 옆에 검은 선반이 있었습니다.

"그렇지. 총을 들고 식사하는 법은 없으니까."

"역시 아주 높으신 양반들이 자주 오는 모양이군."

둘은 총을 어깨에서 내리고 실탄 띠를 풀어 선반 위에 놓았습니다.

검은 문이 또 있었습니다.

부디 모자와 외투, 구두를 벗어 주십시오.

"어쩌지? 벗을까?"

"어쩔 수 없지, 벗자고. 정말 꽤나 높은 사람들인가 보군, 안에 와 있는 사람들이."

둘은 모자와 코트를 못에 걸고, 구두를 벗은 뒤 문 안으로 걸어 들어갔습니다.

그 문 뒤쪽에는 이렇게 쓰여 있었습니다.

넥타이핀, 커프스버튼, 안경, 지갑, 그 외 금속류,
특히 뾰족한 것은 모두 여기에 꺼내 놓으십시오.

문 바로 옆에는 멋진 검은색 금고가 문이 열린 채 놓여있었습니다. 열쇠까지 있었습니다.

"하하, 요리에 전기를 사용하는 모양이야. 그렇다면 금속류는 위험할 테니까. 특히 뾰족한 게 위험하다는 말이겠지?"

"그런가 봐. 그럼 계산은 나갈 때 여기서 하는 건가?"

"아무래도 그런 것 같은데."

"그럴 거야. 틀림없이."

둘은 안경을 벗고 커프스버튼도 빼서 모두 금고 안에 넣고 자물쇠를 걸었습니다. 조금 가니 또 문이 있고, 그 앞에 유리 항아리가 하나 있었습니다. 문에는 이렇게 쓰여 있었습니다.

항아리 안에 있는 크림을 얼굴이랑 손과 발에
골고루 발라 주십시오.

들여다보니 항아리 안에 있는 건 우유 크림이었습니다.

"크림을 바르라는 건 무슨 뜻이지?"

"이건 말야. 밖이 아주 춥잖아. 그러니까 실내가 너무 따뜻하면 살이 트니까 그걸 예방하려는 걸 거야. 아무래도 안에는 진짜 높은 사람이 와있는 게 분명해. 이런 데서 뜻밖에 귀족들을 사귀게 될지도 모르겠군."

둘은 항아리 속 크림을 얼굴과 손에 바른 뒤 양말을 벗고 발에도 발랐습니다. 그렇게 발랐는데도 크림이 남자 둘은 얼굴에 바르는 척하면서 그걸 몰래 먹었습니다.

그러고는 서둘러 문을 열었습니다.

크림은 잘 바르셨습니까? 귀에 바르는 것도 잊지 않으셨지요?

문 뒤쪽에 이렇게 쓰여 있고, 여기에도 작은 크림 항아리가 놓여있었습니다.

"저런, 난 귀에는 안 발랐는데. 하마터면 귀가 틀 뻔했어. 이 집 주인은 진짜로 빈틈이 없군."

"그러게. 정말 세심한 부분까지 신경을 쓰는군. 아무튼 난 빨리 뭐 좀 먹고 싶은데, 이렇게 계속 복도에 서 있어야 하나?"

바로 그 앞에 다음 문이 있었습니다.

요리가 이제 곧 완성됩니다. 15분 내로 바로 드실 수 있습니다.
그럼 병 안에 든 향수를 서둘러 머리에 골고루 뿌려 주십시오.

문 앞에는 금빛 향수병이 놓여있었습니다.

둘은 머리에 그 향수를 슉슉슉 뿌렸습니다.

그런데 그 향수에서 어쩐지 식초 같은 냄새가 나는 것이었습니다.

"이 향수는 이상하게 시큼한 냄새가 나는데. 어떻게 된 거지?"

"아마도 실수한 걸 거야. 하녀가 감기에 걸려서 잘못 넣은 게 틀림없어."

둘은 문을 열고 안으로 들어갔습니다. 문 뒤쪽에는 큰 글자로 이렇게 쓰여 있었습니다.

여러 가지로 주문이 많아서 귀찮으셨지요. 고생하셨습니다. 이제 이걸로 마지막입니다. 항아리 안의 소금을 몸 구석구석에 문질러서 잘 발라 주십시오.

정말 거기엔 멋진 파란색 타일 소금 항아리가 놓여있었습니다. 그런데 이번에야말로 두 사람 다 조금 이상하다는 생각을 하며 크림을 칠한 서로의 얼굴을 쳐다보았습니다.

"아무래도 이상하지 않아?"

"그러게. 이상해."

"그러니까 주문이 많다는 건 지금 우리한테 주문을 많이 한다는 말 아냐?"

"그럼 여긴 손님한테 음식을 내주는 서양 음식점이 아니라, 여기 온 사람을 양식으로 만들어서 먹는 집이라는...... 이건 그, 그, 그러니까 우, 우, 우리가......"

덜덜덜 떨리기 시작해서 더 이상 말을 잇지 못했습니다.

"그럼, 우, 우리가....... 으악."

너무 떨려서 더는 말을 할 수 없었습니다.

"도망…"

덜덜 떨면서 신사 한 명이 뒷문을 밀려고 했지만, 문은 꿈쩍도 하지 않았습니다.

문에는 포크와 나이프 모양으로 생긴 큰 열쇠 구멍 두 개가 있었습니다.

정말 고생 많으셨습니다. 아주 잘하셨습니다. 그럼 이제 뱃속으로 들어와 주십시오.

문에는 그렇게 쓰여 있었습니다.

게다가 열쇠 구멍을 통해 파란 눈동자가 이쪽을 들여다보고 있었습니다.

"으악."

덜덜덜덜.

"으악."

덜덜덜덜.

두 사람은 울기 시작했습니다.

그러자 문 안에서 소곤거리는 소리가 들렸습니다.

"이런. 눈치를 챈 모양이군. 아직 소금을 바르지 않았는데.”

“당연하지. 두목이 잘못 썼잖아. ‘주문이 많아서 귀찮으셨죠? 고생하셨습니다.’라니 진짜 어이없는 말을 썼잖아.”

“아무렴 어때, 어차피 우리한테는 뼛조각 하나도 안 남겨 줄 텐데.”

“그건 그래. 하지만 저놈들이 만약에 이쪽으로 들어오지 않으면 그건 우리 책임인데 어쩌지?”

“부를까? 부르자. 이봐요! 손님들. 빨리 오세요. 어서 오시라니까요. 얼른 들어오세요. 접시도 씻어 두었고, 채소도 소금에 절여 놓았어요. 이제 당신들과 채소를 보기 좋게 새하얀 접시에 잘 담기만 하면 된다니까요. 빨리 들어오세요.”

“자, 어서요. 어서. 혹시 샐러드가 싫으세요? 그럼 불을 피워서 튀김으로 만들어 드리죠. 아무튼 빨리 오기만 하세요.”

둘은 너무 무서워서 얼굴이 마치 종잇조각처럼 구겨진 채 마주 보고 덜덜 떨며 숨죽여 울었습니다.

안에서 웃는 소리가 나더니 또다시 소리쳤습니다.

“어서 오시라니까요. 어서. 그렇게 울면 기껏 바른 크림이 흘러내리잖아요. 저런, 다시 가져올 테니. 자, 어서 들어오세요."

"빨리요. 두목님이 아까부터 냅킨을 두르고 나이프를 든 채 입맛을 다시며 손님들을 기다리고 계신다니까요."

두 사람은 울고 울고 또 울었습니다.

그때, 뒤에서 갑자기 "멍, 멍, 멍." 개 짖는 소리가 나고 흰곰같이 생긴 개 두 마리가 문을 부수고 안으로 달려왔습니다. 열쇠 구멍 속의 눈동자는 금세 사라지고 개들은 으르렁거리며 잠시 방 안을 빙글빙글 돌았습니다.

그리고 한 번 더 크게 짖더니 다음 문으로 달려갔습니다. 문이 덜컥 열리고 개들은 빨려들어 가듯이 안쪽으로 뛰어 들어갔습니다.

문 안쪽 어둠 속에서 "야옹, 크릉, 크르릉."하는 소리와 사각거리는 소리가 났습니다.

방은 연기처럼 사라져버리고 두 사람은 덜덜 떨며 풀속에 서 있었습니다.

정신을 차리고 보니 윗도리와 구두랑 지갑, 넥타이핀 같은 게 저쪽 나뭇가지와 이쪽 나무뿌리 쪽에 흩어져 있었습니다.

으르렁대던 개가 돌아왔습니다.

그리고 뒤에서 "손님, 손님."하고 외치는 사람이 있었습니다.

비로소 정신을 차린 두 사람은 "이봐, 여기야, 여기. 빨리 빨리."라고 외쳤습니다.

짚 우비를 걸친 사냥꾼이 풀숲을 헤치고 다가왔습니다.

그제야 마음이 놓인 두 사람은 사냥꾼이 가지고 온 경단을 먹고 산새를 십 엔어치 사 들고 도쿄로 돌아갔습니다. 그러나 일단 구겨진 종잇조각처럼 돼버린 두 사람의 얼굴은 목욕을 해도 원래대로 돌아오지 않았습니다.

니이미 난키치

할아버지의 램프
안영신 옮김

여우 곤 이야기
서홍 옮김

니이미 난키치(新美南吉 1913~1943)

아동문학 작가, 시인. 네 살 때 어머니를 여의고 입양되는 등 외로운 어린 시절을 보낸 그는 아동문학 잡지 《아카이 토리赤い鳥》에 작품 투고를 시작하며 문학의 스승인 시인 기타하라 하쿠슈의 문하에서 꾸준히 작품을 발표하였다. 1942년 동화집 『할아버지의 램프』를 간행하지만 이듬해 결핵으로 세상을 떠났다. 스물아홉의 나이로 짧은 생을 마감했기에 작품 수는 많지 않지만 동화 외에도 동요, 시, 하이쿠, 희곡 등 다양한 장르의 글을 남겼다. 그가 죽고 나서 얼마 후에 동화집 『소를 매단 동백나무』, 『꽃나무 마을과 도둑들』이 간행되었다. 향토성이 짙은 그의 작품들은 전후에도 많은 사랑을 받았으며 대표작 「여우 곤 이야기」(1932)는 오랫동안 초등학교 교과서에 실려 있다. 1989년에 나이미 난키치 동화상이 제정되었다.

할아버지의 램프

숨바꼭질하면서 창고 구석에 몰래 숨어 있던 도이치가 램프 하나를 들고 나왔다.

특이한 모양의 램프였다. 80센티 정도의 굵은 대나무 통 받침 위에 불을 붙이는 부분이 있고, 뚜껑은 가느다란 유리관으로 되어 있었다. 처음 본 사람은 램프라는 걸 알아차리지 못할 정도였다.

그래서 아이들은 다들 옛날에 쓰던 소총이라고 생각했다.

"뭐야, 소총이잖아."

술래인 소하치가 말했다.

도이치의 할아버지도 처음엔 그게 뭔지 몰랐다. 안경 너머로 그 물건을 한참 쳐다보고 나서야 비로소 알아차렸다.

램프라는 걸 알게 된 할아버지는 아이들을 꾸짖기 시작했다.

"이 녀석들! 뭘 꺼내온 거야. 당최 무슨 일을 벌일지 알 수가 없다니까. 잠시도 맘을 놓을 수가 없어. 도둑고양이 같으니라고. 이놈들, 그건 이리 가져오고 너희는 밖에 나가서 놀아라. 전봇대도 있고 놀 게 얼마든지 있으니까."

아이들은 야단을 맞고 나서야 비로소 자신의 잘못을 깨닫는 법이다. 램프를 꺼내온 도이치는 물론이고 같이 놀던 아이들까지 큰 잘못이라도 저지른 것마냥 풀이 죽어서 밖으로 나갔다.

한낮의 바람이 이따금씩 길가의 먼지를 일으켰다. 느릿느릿 소달구지가 지나가고 그 뒤를 흰나비가 분주하게 날아다녔다. 할아버지 말대로 전봇대가 여기저기 서 있었지만 아이들은 거기에서 놀지 않았다. 어른들이 시키는 대로 하는 건 왠지 재미가 없었기 때문이다.

넓은 공터 쪽으로 뛰어가는 아이들의 주머니 속에서 딱딱 구슬 부딪히는 소리가 났다. 아이들은 곧바로 자기들만의 놀이에 빠져서 조금 전 램프 때문에 혼난 일은 까맣게 잊어버렸다.

해질 무렵이 되어서야 도이치는 집으로 돌아왔다. 거실 한쪽 구석에 램프가 놓여 있었다. 하지만 램프에 대해 무슨 말을 하면 할아버지에게 또 꾸중을 들을 것 같아서 잠자코 있었다.

저녁 식사를 하고 따분한 시간이 찾아오자 도이치는 옷장에 기대서 서랍을 달그락대다가 가게로 나갔다. 수염을 기른 농업학교 선생님이 『무 재배의 이론과 실제』와 같은 어려운 제목의 책을 점원에게 주문하는 것을 물끄러미 지켜보기도 했다.

그것도 싫증이 나자 도이치는 다시 안채 거실로 돌아와 할아버지가 안 계신 걸 확인한 뒤, 무릎걸음으로 램프 옆에 바짝 다가앉았다. 램프 뚜껑을 열어보기도 하고 5전짜리 동전만한 나사를 돌려서 램프의 심지를 꺼냈다 넣었다 했다.

램프를 만지작거리는 데 정신이 팔려 있던 도이치는

결국 할아버지에게 들키고 말았다. 그런데 웬일인지 할아버지는 꾸짖지 않았다. 일하는 누나에게 차를 끓여오라고 하고는 담뱃대를 쭉 뽑으며 말했다.

"도이치! 이 램프는 말이다. 할아버지에겐 매우 소중한 물건이란다. 오랫동안 잊고 있었는데 오늘 네가 창고 구석에서 꺼내오는 바람에 다시 옛날 생각이 떠오르는구나. 할아버지처럼 이렇게 나이가 들면 램프든 뭐든 옛날 물건과 마주하는 건 아주 기분 좋은 일이란다."

도이치는 멍하니 할아버지의 얼굴을 쳐다보았다. 할아버지가 아끼는 야단을 쳐서 화가 난 줄 알았는데 옛날 램프를 다시 보게 되어서 기쁘다고 하니 어리둥절한 기분이었다.

"옛날 얘기를 하나 해줄 테니 이리 와서 앉아 보거라."
할아버지가 말했다.

이야기 듣는 걸 좋아하는 도이치는 할아버지 앞으로 가서 앉았지만 왠지 훈계를 들을 때처럼 자세가 불편했다. 그래서 평소처럼 엎드려서 다리를 구부린 채 이따금씩 발바닥을 붙였다 떼었다 하면서 듣기로 했다.

할아버지는 다음과 같은 이야기를 들려주었다.

지금으로부터 50여 년 전, 러일전쟁 때의 일이다. 야나베신덴 마을에 미노스케라는 열세 살 먹은 소년이 살고 있었다.

미노스케는 부모 형제는 물론이고 친척 한 명 없는 고아였다. 그래서 남의 집 잔심부름을 하거나 아이를 돌봐주고 쌀을 찧어다 주기도 하며 자기 또래 소년이 할 수 있는 일이라면 뭐든지 다 했다.

하지만 미노스케는 이렇게 계속 마을 사람들에게 신세를 지면서 살고 싶지는 않았다. 평생 아이들이나 돌보고 쌀을 찧으며 사는 건 사내로서 보람 있는 일이 아니라고 생각했던 것이다.

모름지기 남자는 출세를 해야 한다. 하지만 어떻게 출세할 것인가. 미노스케는 하루하루 입에 풀칠하는 게 고작이었다. 책 한 권 살 돈도 없었고 또 설령 돈이 있어서 책을 산다 해도 읽을 틈이 없었다.

미노스케는 출세할 수 있는 좋은 기회가 찾아오길 내심 기다리고 있었다.

그러던 어느 여름날 오후, 미노스케에게 인력거를 끄는 일거리가 들어왔다.

그 무렵 이 마을에는 항상 두세 명의 인력거꾼이 있었

다. 해수욕을 하러 나고야에서 오는 손님은 대부분 기차를 타고 한다에 도착한다. 거기에서 지타 반도 서해안의 오노와 신마이코까지 흔들리는 인력거를 이용했는데 야나베신덴 마을은 바로 그 길목에 있었기 때문이다.

인력거는 사람이 끄는 거라서 그다지 빠르지 않았다. 게다가 야나베신덴과 오노 사이에는 고개가 하나 있어서 시간이 더 걸렸다. 당시 인력거는 덜커덩거리는 무거운 쇠바퀴였다. 그래서 급한 손님은 돈을 두 배로 지불하고 두 명의 인력거꾼을 불렀다. 미노스케에게 일을 맡긴 손님도 길을 서두르는 피서객이었다.

미노스케는 인력거 채에 묶어 놓은 밧줄을 어깨에 둘러메고 한여름 석양빛이 쨍쨍 내리쬐는 길을 얏, 얏 기합을 넣으면서 달렸다. 익숙하지 않은 일이라 힘들었지만 그런 것쯤은 아무것도 아니었다. 미노스케의 머릿속은 호기심으로 가득했다. 철이 들고 나서 마을 밖으로는 한 발짝도 나간 적이 없었기에 고개 너머에 어떤 마을이 있는지 또 어떤 사람들이 살고 있는지 궁금했던 것이다.

해가 지고 땅거미가 내려앉을 무렵에야 인력거는 오노 마을에 다다랐다. 미노스케는 그 마을에서 여러 가지 것들을 처음으로 보았다. 가장 신기한 건 즐비하게 늘어선 큰 상점들이었다. 그가 사는 마을엔 상점이 하나밖에 없었다. 막과자, 짚신, 실 잣는 도구, 고약, 조개껍데기에 들어 있는 안약, 그 밖에 마을 사람들에게 필요한 물건들을 파는 작은 가게였다.

하지만 무엇보다도 미노스케를 놀라게 한 건 큰 상점들마다 켜놓은 꽃처럼 환한 유리 램프였다. 그의 마을에는 밤이 되면 불빛이 없는 집이 많았다. 캄캄한 집에서 손으로 더듬어가며 물동이와 맷돌, 기둥을 찾아냈던 것이다. 조금 부유한 집에서는 안주인이 결혼할 때 가져온 행등을 사용했다.

행등은 사방으로 종이를 둘러싼 등인데 안쪽에 있는 심지에 꽃봉오리만한 작은 불을 붙이면 종이에 따스한 불빛이 비쳐 주위가 조금 환해졌다. 하지만 그 어떤 행등 불빛도 오노 마을에서 본 램프의 환한 불빛에는 턱없이 못 미쳤다.

게다가 램프는 당시에 흔치 않던 유리로 만들어져 있었다. 그을리거나 찢어지기 쉬운 사방등에 비하면 그것만으로도 램프는 좋은 물건처럼 여겨졌다.

램프 때문에 오노 마을 전체가 용궁성처럼 환하게 느껴졌다. 이제 미노스케는 자신의 마을로 돌아가고 싶지 않았다. 사람은 누구나 밝은 곳에 있다가 어두운 곳으로는 돌아가고 싶지 않은 법이다.

미노스케는 품삯 15전을 받고 인력거와 헤어졌다. 신기한 상점들과 아름답게 빛나는 램프를 넋을 잃고 쳐다보며 파도 소리가 들리는 바닷가 마을을 술 취한 사람처럼 헤매고 다녔다.

포목점 상인이 큼지막한 동백꽃 문양이 있는 옷감을 램프 불빛 아래 펼쳐놓고 손님에게 보여주고 있었다. 미곡상의 어린 점원은 램프 밑에서 상태가 안 좋은 팥 알갱이를 골라내고 있었다. 어떤 집에서는 여자아이가 램프 불빛 아래에 하얗게 빛나는 조개껍데기를 늘어놓고 손가락으로 튕기며 놀고 있었다. 또 어떤 가게에서는 자잘한 구슬을 실에 꿰어 염주를 만들고 있었다. 램프의 환한 불빛 아래에서는 사람들의 일상적인 모습도 소설이나 환등기 속의 세계처럼 아름답고 정겹게 보였다.

미노스케는 '문명개화로 세상이 활짝 열렸다'는 말을 여러 번 들었는데 이제야 비로소 그 의미를 알 것 같았다.

거리를 걷던 미노스케는 각종 램프를 잔뜩 매달아 놓은 가게 앞에 섰다. 램프를 파는 가게임에 틀림없다.

일당 15전을 움켜쥐고 한동안 머뭇거리던 미노스케

는 이윽고 결심한 듯 가게 안으로 성큼성큼 들어갔다.

"저거, 주세요."

미노스케는 램프를 가리켰다. 아직 램프라는 단어를 몰랐던 것이다.

가게 주인이 미노스케가 가리킨 천장에 매달려 있던 큰 램프를 꺼내왔지만 오늘 받은 일당 15전으로는 어림도 없는 가격이었다.

"좀 깎아 주세요."

"그건 안 된다."

"그럼 도매가격으로 주세요."

미노스케는 직접 만든 짚신을 마을 잡화점에 종종 팔았기 때문에 물건에는 도매 가격과 소매 가격이 있고 도매가격이 싸다는 것도 알고 있었다. 예를 들면 동네 잡화점은 미노스케가 만든 짚신을 도매가 1전 5리에 사서 인력거꾼에게 소매가 2전 5리에 팔고 있었던 것이다.

램프 가게 주인은 처음 보는 사내아이가 하는 말에 깜짝 놀라 물끄러미 얼굴을 쳐다보았다.

"램프 장수한테야 도매가로 팔겠지만 일반 손님한테 도매가로 팔진 않지."

"램프 장수한테는 도매가로 판다는 거죠?"

"그럼."

"그렇다면 저도 램프 장사할게요. 도매가로 파세요."

가게 주인은 램프를 손에 든 채 웃음을 터뜨렸다.

"네가 램프 장사를 한다고? 하하하하."

"정말이에요, 아저씨. 이제 램프 장사를 할 거예요. 그러니까 오늘은 하나만 도매가로 팔아 주세요. 다음에 오면 한꺼번에 많이 살게요."

가게 주인은 처음엔 웃기만 했지만 미노스케의 진지한 모습에 마음이 움직였다. 이런저런 사정 얘기를 듣고 나서 주인이 말했다.

"좋다, 그럼 이걸 도매가로 주마. 사실 도매가라고 해도 그 돈으로는 어림도 없지만 노력하는 네가 기특해서 특별히 싸게 주는 거야. 그 대신 장사를 열심히 해야 한다. 앞으로 우리 집 램프를 많이 갖다 팔아다오."

미노스케는 램프 사용법을 간단하게 배우고 내친김에 램프를 켜고 마을로 향했다.

이젠 덤불과 소나무 숲으로 이어지는 어두운 고갯길에서도 무섭지 않았다. 꽃처럼 환한 램프를 들고 있었기 때문이다.

미노스케의 가슴 속에도 또 하나의 램프가 켜졌다. 자

신의 어두운 마을에 이 멋진 문명의 이기를 전파하여 마을 사람들의 생활에 밝은 빛을 비춰주겠다는 희망의 램프가.

새로 시작한 장사는 영 신통치 않았다. 사람들이 새로운 것이라면 뭐든지 경계를 했기 때문이다.

이리저리 궁리한 끝에 미노스케는 마을에 단 하나뿐인 잡화점을 찾아가 램프를 공짜로 빌려줄 테니 한번 써달라고 부탁했다.

잡화점 할머니는 마지못해 승낙을 하고 가게 천장에 못을 박아 램프를 걸고 그날 밤부터 켜놓았다.

닷새쯤 지나 미노스케가 짚신을 팔러 잡화점에 갔더니 주인 할머니가 생글생글 웃으며 말했다.

"이 물건 말이야. 정말 편리하구먼. 밤에도 낮처럼 밝으니 손님도 많이 오고 거스름돈을 잘못 거슬러 주는 일도 없고 마음에 쏙 들어."

그러면서 램프를 사겠다는 것이다. 게다가 램프가 좋다는 걸 알게 된 마을 사람들로부터 벌써 주문이 세 개나 들어왔다는 얘기까지 전해 듣자 미노스케는 뛸 듯이 기뻤다.

할머니에게 램프와 짚신 값을 받고서 그 길로 곧장 오노 마을에 갔다. 램프 가게 주인에게 사정을 얘기했더니 부족한 돈은 빌려주었다. 미노스케는 램프 세 개를 사와서 주문한 사람들에게 팔았다.

물건을 사러오는 손님이 점차 늘어났다.

처음엔 주문을 받은 만큼만 사러 갔지만 조금씩 돈이 모이자 주문이 없어도 램프를 잔뜩 사가지고 왔다.

그리고 이제 미노스케는 다른 집의 심부름이나 아이 돌보는 일은 그만두고 램프 장사에만 열중했다. 램프와 등갓을 잔뜩 달아 수레에 싣고 이 마을 저 마을로 팔러 다녔다. 램프 유리가 서로 닿으면서 맑은 소리가 울려 퍼졌다.

미노스케는 돈도 벌었지만 그것과 상관없이 램프를 파는 일이 즐거웠다. 자신이 판매한 램프 불빛으로 인해 어두웠던 집들이 점점 환해졌기 때문이다. 미노스케는 어두운 집에 문명개화의 밝은 빛을 하나하나 밝혀주는 것 같은 기분이 들었다.

미노스케는 이제 청년이 되었다. 지금까지는 제대로 된 집이 없어서 마을 이장이 내준 다 쓰러져 가는 헛간에서 살았지만 약간의 목돈이 생기자 집도 지었다. 집이 생기니 중매도 들어와 아내도 맞이했다.

어느 날, 옆 마을에서 램프를 팔던 미노스케는 램프를 켜면 방바닥에 있는 신문도 읽을 수 있다고 했던 이장의 말이 떠올랐다. 그 이야기를 하자 손님이 그게 정말이냐고 되물었다. 거짓말을 싫어하는 미노스케는 직접 보여주겠다며 이장 집에서 헌 신문을 얻어와 램프 아래에 펼쳤다.

역시 이장의 말은 사실이었다. 신문의 작은 글자가 램프 불빛 아래에서 또렷하게 보였다. '나는 거짓말을 하면서 장사를 하진 않아'라고 미노스케는 혼잣말을 중얼거렸다. 하지만 글자가 똑똑히 보여도 아무 소용이 없었다. 미노스케는 글을 읽을 줄 몰랐던 것이다.

'램프 덕분에 물건은 잘 보이게 되었지만 글을 읽지 못하니 아직 진정한 문명개화라고 할 수 없어.'

그날부터 미노스케는 매일 밤 이장의 집으로 가서 글을 배우기 시작했다.

열심히 배워서 일 년이 지난 후에는 초등학교를 나온 마을 사람들에게 뒤지지 않을 만큼 글을 잘 읽게 되었다.

미노스케는 이제 책 읽는 재미도 느끼게 되었다.

미노스케는 어느덧 두 아이를 둔 집안의 가장이 되었

다. '나도 이제 내 힘으로 일어섰어. 아직 출세했다고 할 정도는 아니지만.' 이런 생각을 하면서 만족감을 느꼈다.

그러던 어느 날, 램프의 심지를 사려고 오노 마을에 간 미노스케는 대여섯 명의 인부가 길가에 구덩이를 파고 굵고 긴 기둥을 세우고 있는 걸 보았다. 기둥 위쪽에는 가로 댄 나무토막 두 개가 있고, 거기에 흰 도자기로 만든 오뚝이 인형 같은 게 몇 개 달려 있었다. 이런 기묘한 것을 길가에 세워서 무얼 하려는 걸까 생각하면서 걷다 보니 조금 전과 똑같은 기둥이 또 세워져 있었다. 기둥 위엔 참새가 앉아 지저귀고 있었다.

뭔지 알 수 없는 큰 기둥은 오십 미터 정도의 간격으로 길가에 서 있었다.

미노스케는 결국 양지에서 국수를 건조시키고 있던 우동가게 주인에게 물어보았다.

"전기인지 뭔지 하는 게 들어오는 거야. 그러니까 이제 램프는 필요 없게 된 거지."

전기에 대해 전혀 몰랐던 미노스케는 그 말이 잘 이해가 가지 않았다. 램프를 대신하는 거라면 전기는 불빛이 틀림없다. 불빛이라면 집안만 밝히면 되지 왜 저렇게 쓸데없이 길가에다 기둥을 세우는 건지 이유를 알 수 없었다.

그로부터 한 달쯤 지나 미노스케는 다시 오노에 갔다. 얼마 전 세워진 굵은 기둥에는 검은 줄들이 걸려 있었다. 검은 줄은 기둥 위의 나무토막에 달린 오뚝이의 머리를 한 바퀴 감고 다음 기둥으로 넘어갔고 그런 식으로 계속 이어져 있었다.

자세히 살펴보니 기둥에 있는 두 개의 검은 줄이 오뚝이 머리 부분에서 갈라져 집 처마 밑으로 연결되어 있었다.

"뭐야, 전기인지 뭔지 불을 밝히는 건 줄 알았더니 이건 그냥 줄이잖아. 참새나 제비가 쉬어 가기에 안성맞춤이겠군."

미노스케는 코웃음을 치며 단골 술집으로 들어갔다. 그런데 항상 가게 한가운데 탁자 위에 매달려 있던 커다란 램프가 한쪽 벽으로 밀려나 있었다. 그 대신에 램프보다 작은, 기름통이 보이지 않는 이상한 모양의 램프가 튼튼한 줄로 천장에 매달려 있었다.

"뭐야, 이상한 걸 매달아 놨네? 램프가 고장이라도 난 건가?"

미노스케가 묻자 술집 주인이 대답했다.

"저게 말이야, 이번에 새로 들어온 전기라는 건데 아주 밝으면서도 불이 날 염려도 없고 성냥도 필요 없고 얼마나 편리한지 몰라."

"허, 이상한 걸 매달아 놨군. 이러면 안 돼. 손님이 줄어든다고."

술집 주인은 미노스케가 램프 장수라는 걸 깨닫고는 더 이상 전등의 편리함에 대해 말하지 않았다.

"저기, 저 천장을 봐, 오랫동안 램프의 그을음으로 저 부분만 새까맣게 되어 있잖아. 저기가 바로 램프가 있어야 할 자리라고. 전기가 아무리 편리하다고 해도 이제 와서 램프를 저렇게 구석으로 치워버리면 되겠나. 그러면 램프가 너무 불쌍하잖아."

미노스케는 램프를 감싸면서 전등이 좋다는 걸 인정하지 않았다.

어느새 밤이 되었다. 성냥개비 하나 가진 사람이 없었는데도 갑자기 가게 안이 대낮처럼 밝아지자 미노스케는 깜짝 놀랐다. 너무 밝아서 자기도 모르게 뒤를 돌아봤을 정도였다.

"미노스케 씨, 이게 바로 전기야."

미노스케는 이를 악물고 한참동안 전등을 쳐다보았

다. 적을 노려보기라도 하는 듯한 표정이었다. 너무 노려봐서 눈이 아플 정도였다.

"미노스케 씨, 이런 말을 하기 뭐하지만 이제 램프는 상대가 안 돼. 밖을 좀 내다봐."

미노스케는 시무룩한 표정으로 문을 열고 거리를 내다보았다. 집집마다 가게마다 환한 전등이 켜져 있었다. 밝은 빛은 집안을 가득 채우고도 넘쳐서 길 위에까지 쏟아지고 있었다. 램프에 익숙해져 있던 미노스케에게는 너무나도 눈부신 빛이었다. 미노스케는 분을 이기지 못해 씩씩대면서 한참동안 밖을 바라보고 있었다.

램프의 강력한 적수가 나타났다고 생각했다. 문명개화라는 말을 자주 하던 미노스케였지만 전등이 램프보다 앞선 문명개화의 산물이라는 것은 깨닫지 못했다. 아무리 똑똑한 사람이라도 일자리를 잃게 될 위기에 처하면 판단력이 흐려지는 법이다.

그날부터 미노스케는 자신의 마을에도 전등이 켜지게 될까봐 남몰래 두려워하고 있었다. 전기가 들어오면 마을 사람들은 모두 그 술집처럼 램프를 구석으로 밀어내거나 창고 깊숙이 처박아 놓을 테고 그렇게 되면 램프 장수도 사라져 버릴 것이다.

하지만 마을에 램프를 보급할 때도 상당히 애를 먹었다. 새로운 것에 대한 두려움 때문에 마을 사람들이 전등도 쉽게 받아들이지 않을 거라며 미노스케는 내심 안도하고 있었다.

그런데 얼마 지나지 않아 이번 마을 회의에서 전기를 들여올지 의논할 거라는 소문을 듣고 미노스케는 뒤통수를 얻어맞은 기분이었다. 드디어 강적과 겨루게 된 것이다.

가만히 있을 수 없었던 미노스케는 마을 사람들에게 전기 도입을 반대해야 한다고 떠들고 다녔다.

"전기는 산속에서 긴 줄로 끌어오는 거야. 그 줄을 타고 여우와 너구리가 한밤중에 마을로 내려와서 논밭을 엉망으로 만들어 버릴 게 틀림없다고."

미노스케는 자신의 직업을 지키기 위해 이렇게 어리석은 말을 하고 다녔던 것이다. 그런 말을 할 때면 뭔가 꺼림칙한 기분이 드는 것도 사실이었다.

마을 회의가 끝난 뒤 결국 야나베신덴 마을에도 전기를 들여오기로 했다는 소식을 듣고 미노스케는 또다시 머리를 한 대 얻어맞은 것 같았다. '이렇게 연거푸 당하고만 있을 순 없어. 이러다가는 내 머리가 어떻게 되어 버릴지도 몰라'라고 생각했다.

　결국 예상했던 대로 되었다. 미노스케는 마을 회의가 끝나고 사흘 동안 대낮에도 이불을 뒤집어쓰고 누워 있었다. 그 사이에 머리가 이상해져 버린 것이다.

　미노스케는 누군가를 원망하고 싶어 견딜 수가 없었다. 그래서 마을 회의에서 의장을 맡았던 이장을 원망하기로 했다. 그리고 이장을 원망해야 하는 이유를 이리저리 생각했다. 평소에는 똑똑한 사람이라도 생업을 잃게 될 위기에 처하면 판단력이 흐려진다. 말도 안 되는 원한을 품게 되는 것이다.

　유채꽃이 활짝 핀 따뜻한 달밤이었다. 어디선가 마을 봄 축제를 준비하는 북소리가 희미하게 들려왔다.

　미노스케는 멀쩡한 길을 놔두고 족제비처럼 몸을 웅크리고 도랑 속을 뛰어다니거나 버려진 개처럼 덤불 속을 헤집고 다녔다. 자신의 모습을 남에게 보이고 싶지 않을 때 하는 행동이었다.

　이장님 집은 오랫동안 신세를 졌던 곳이라 구조를 훤히 알고 있었다. 집을 나설 때부터 불을 지르기에 가장 적당한 곳이 초가지붕 외양간이라고 생각했다.

안채는 모두 곤히 잠들어 있었고 외양간도 조용했다. 그래도 소가 자고 있는지는 알 수 없었다. 소는 깨어 있든 자고 있든 조용한 동물이다. 어차피 소가 깨어 있다 해도 불을 지르는 데는 전혀 지장이 없었다.

미노스케는 성냥 대신 부싯돌을 챙겨 왔다. 집을 나설 때 아궁이 근처에서 성냥을 찾았지만 보이지 않아서 손에 닿은 대로 들고 나온 것이 다행히도 부싯돌이었다.

미노스케는 부싯돌로 불을 피우기 시작했다. 불꽃은 튀었지만 부싯깃이 젖어 있는지 아무리 해도 불이 붙지 않았다. 미노스케는 부싯돌이 그다지 편리한 물건은 아니라고 생각했다. 불도 안 붙으면서 딱딱 큰 소리만 나니 이러다가는 자는 사람을 다 깨울 판이었다.

미노스케는 혀를 차며 말했다. "성냥을 갖고 왔어야 하는 건데. 낡아빠진 부싯돌은 도움이 안 돼."

미노스케는 문득 자기가 한 말을 곱씹어 보았다.

"낡아빠진 부싯돌은 도움이 안 돼... 낡아빠진 부싯돌은 도움이 안 돼...."

이 말은 마치 달이 떠서 하늘을 밝히듯이 정신이 번쩍 들게 만들었다.

미노스케는 이제야 자신이 어리석었다는 걸 분명히

깨달았다. 낡은 램프의 시대는 지나가고 편리한 전등의 시대가 새롭게 열린 것이다. 이렇게 세상은 변화하면서 점차 발전해 나간다. 미노스케도 국민의 한 사람으로서 나라의 발전을 기뻐하면 되는 것이다. 시대에 뒤처진 자신의 직업을 잃게 될까봐 세상이 변화하는 걸 방해하고 아무 잘못도 없는 사람을 원망하며 불을 지르려 하다니 남자로서 이 얼마나 볼썽사나운 짓이란 말인가. 세상이 발전해서 그 장사가 더 이상 필요 없게 되면 남자답게 깨끗이 포기하고 세상에 유익한 새로운 장사를 시작하면 된다.

미노스케는 곧장 집으로 돌아왔다.

그리고 잠든 아내를 깨워 집에 있는 모든 램프에 기름을 붓게 했다.

아내는 이렇게 밤늦은 시간에 무슨 일이냐고 물었지만 자신의 계획을 알려주면 말릴 게 뻔했기 때문에 미노스케는 잠자코 있었다.

크고 작은 것들을 다 합쳐서 오십 개 정도 되는 램프에다 기름을 부었다. 그리고 평소 장사하러 갈 때처럼 수레에 램프를 매달고 집을 나섰다. 이번에는 성냥을 잊지 않고 챙겼다.

서쪽 고개로 접어드는 길 쪽에 큰 연못이 있다. 봄이 되어 물이 가득 찬 수면이 달빛 아래 은쟁반처럼 반짝였다. 연못가의 오리나무와 버드나무가 물속을 굽어보는 듯한 모습으로 서 있었다.

　인적이 드문 곳을 찾아온 미노스케는 램프에 불을 켰다. 그리고 연못 가장자리의 나뭇가지에 한 개를 걸었다. 크고 작은 램프를 섞어서 나무에 가득 걸었다. 더 이상 공간이 없으면 옆의 나무에 매달았다. 그리하여 마침내 모든 램프를 세 그루의 나무에 매달았다.

　바람이 없는 밤이라 램프 불빛은 흔들림 없이 고요히 타올랐다. 주위는 대낮처럼 밝아졌고 불빛을 따라온 물고기가 물속에서 칼날처럼 번뜩였다.

　"내가 장사를 그만두는 방식은 바로 이거다."

　미노스케는 혼잣말을 했다. 하지만 그 자리를 떠나지 못하고 양 손을 늘어뜨린 채 램프가 주렁주렁 달려 있는 나무를 한참 동안 바라보고 있었다.

　램프, 램프, 고마운 램프. 오랜 세월 정든 램프.

　"내가 장사를 그만두는 방식은 바로 이거야."

　그리고 미노스케는 연못을 건너왔다. 건너편 기슭의 오십 개의 램프엔 불이 그대로 켜져 있었다. 수면 위에도 램프의 불빛이 비쳤다. 미노스케는 멈춰 서서 한참 동안 그 모습을 지켜보고 있었다.

램프, 램프, 정든 램프.

이윽고 미노스케는 발밑에서 돌멩이 하나를 집어 들었다. 그리고 제일 큰 램프를 겨냥해 힘껏 던졌다. 쨍그랑 하면서 큰 불빛 하나가 사라졌다.

"너희들의 시대는 끝났어. 세상은 바뀌었다고."

미노스케는 또다시 돌멩이를 집어 들었다. 쨍그랑 하면서 두 번째로 큰 불빛이 꺼졌다.

"세상은 발전했어. 이제 전기의 시대가 온 거야."

세 번째 램프를 깨뜨렸을 때 미노스케는 눈물이 차올라 더 이상 램프를 겨냥할 수가 없었다.

이렇게 미노스케는 램프 장사를 접었다. 그리고 시내로 나가 새로운 일을 시작했다. 책방 주인이 된 것이다.

*

"미노스케는 지금도 서점을 운영하고 있단다. 이제는 나이가 많아 아들이 맡아서 하고 있지만."

이야기를 마친 도이치의 할아버지는 식어버린 차를

마셨다. 미노스케가 바로 할아버지였기에 도이치는 물끄러미 할아버지의 얼굴을 쳐다보았다. 어느새 도이치는 자세를 고쳐 앉고 할아버지 무릎에 손을 얹었다.

"그럼 나머지 마흔 일곱 개 램프는 어떻게 되었어요?"

도이치가 물었다.

"글쎄다. 다음날 지나가던 사람이 발견하고 가져갔는지도 모르지."

"그럼 집에는 램프가 하나도 없어요?"

"그렇지, 이젠 이 램프 하나만 남았구나."

할아버지는 도이치가 들고 온 램프를 쳐다보며 말했다.

"손해를 봤네요. 램프 마흔 일곱 개를 다른 사람이 가져가 버린 거잖아요."

"그래. 손해를 봤지. 돌이켜보면 그렇게까지 할 필요는 없었다는 생각이 든단다. 야나베신덴 마을에 전기가 들어온 후에도 램프는 잘 팔렸으니까. 야나베신덴의 남쪽 깊은 산골짜기 마을에는 아직도 램프를 사용하는 집이 있고, 거기 말고도 램프를 계속 사용하던 마을은 또 있었어. 어쨌든 그때는 혈기가 왕성했던 시절이라 한번 마음먹으면 깊이 생각하지 않고 바로 행동으로 옮겼지."

"바보 같았네요."

도이치는 손자이기 때문에 거리낌 없이 말했다.

"그래, 바보 같았지. 하지만 말이다, 도이치."

할아버지는 무릎 위의 담뱃대를 꽉 움켜쥐며 말했다.

"내 방식은 좀 어리석었지만 말이다. 내 입으로 말하기긴 좀 그렇지만, 램프 장사를 그만둔 방식은 꽤 훌륭했다고 생각한다. 할아버지가 말하고 싶은 건, 세상이 발전해서 자신이 하던 일이 더 이상 쓸모없게 되면 미련없이 버릴 줄도 알아야 한다는 거야. 언제까지고 추하게 매달려 있거나, 장사가 잘되던 옛날이 더 좋았다고 불평하거나, 세상이 발전하는 걸 원망하는 그런 나약한 짓은 절대로 해서는 안 된다는 거야."

도이치는 의지가 드러나는 할아버지의 얼굴을 한동안 말없이 바라보다가 이렇게 말했다.

"할아버지는 훌륭하신 분이에요."

도이치는 옆에 놓인 낡은 램프를 따뜻한 눈길로 바라보았다.

여우 곤 이야기

1

어릴 적 같은 동네에 살던 모헤이 할아버지에게서 들은 이야기입니다.

옛날 우리 마을에 나카야마 성주님이 사는 작은 성이 있었습니다. 그 성에서 조금 떨어진 산속에 어린 여우 '곤'이 살고 있었습니다. 곤은 고사리가 잔뜩 우거진 숲속에 굴을 파고 홀로 살고 있었는데, 밤낮을 가리지 않고 동네로 나와 온갖 장난을 쳤습니다. 밭에 들어가 감자를 파헤치고, 말리려고 내놓은 유채 줄기에 불을 놓거나 농가 뒷마당에 걸어 놓은 고추를 뽑아서 짓이겨 놓기도 했습니다.

어느 가을날이었습니다. 이삼일 동안 계속 비가 내렸기 때문에 밖에도 못 나가고 굴속에서만 웅크리고 있던 곤은 비가 그치자마자 신이 나서 밖으로 나왔습니다. 하늘은 맑았고 때까치 울음소리가 들렸습니다.

곤은 동네에 있는 작은 시내의 둑으로 갔습니다. 둑 주변 억새 이삭에는 빗방울이 맺혀 반짝이고 있었습니다. 평소에는 물이 별로 없는 곳이지만, 사흘이나 비가 와서 그런지 강물이 부쩍 불어 있었습니다. 물에 잠길 일이 없는 강가의 억새랑 싸리 그루터기가 탁해진 물속에 비스듬히 넘어진 채 진흙에 잠겨 있습니다. 곤은 진흙탕 길을 따라 강 하류 쪽으로 내려갔습니다.

걷다가 문득 돌아보니 강 속에 누군가 있었습니다. 들키지 않도록 우거진 풀숲으로 살며시 들어가서 엿보았습니다.

'뭐야, 효주잖아.'

검은 누더기를 말아 올린 효주가 허리까지 물에 잠긴 채 물고기를 잡으려고 그물망을 흔들어대고 있었습니다. 머리에는 수건을 둘렀고 볼에는 둥근 싸리 잎이 검은 점처럼 달라붙어 있었습니다.

잠시 후에 효주가 그물망 맨 뒤쪽의 볼록한 부분을 물 밖으로 들어 올렸습니다. 그 속에는 잔디 뿌리랑 풀잎, 썩은 나뭇조각 등이 마구 뒤섞여 있었는데 그 중간중간 하얀 것이 반짝거리고 있었습니다. 가만히 보니 그건 살집이 두툼한 장어와 보리멸의 배였습니다. 효주는 장어랑 보리멸을 꺼내 어롱 속으로 옮겨 넣고 나서 그물망 입구를 조인 뒤 다시 물속으로 던져 넣었습니다.

잠시 후 강에서 나온 효주가 어롱을 둑 위에 던져둔 채 무얼 찾으려는 건지 강 상류 쪽으로 뛰어갔습니다.

효주가 사라지자 풀숲에서 껑충 뛰어나온 곤이 어롱 쪽으로 달려갔습니다. 살짝 장난을 치고 싶어진 곤은 어롱 속의 물고기를 꺼내 강물 속으로 집어 던졌습니다. 물고기들이 텀벙 소리를 내며 탁한 물속으로 사라졌습니다.

마지막으로 두툼한 장어를 잡으려고 했는데 미끌거려서 좀처럼 잡히지 않았습니다. 안달이 난 곤은 어롱 속에 머리를 처박고 입으로 장어 머리를 물었습니다. 그러자 장어가 "퓍!" 소리를 내며 곤의 목을 감았습니다. 그때 멀리서 효주가 "야, 이 도둑 여우야."라고 소리쳤습니다. 깜짝 놀란 곤은 도망치려고 했지만, 목을 감고 있는 장어가 떨어지지 않아 어쩔 수 없이 장어를 매단 채 재빨리 도망쳤습니다.

동굴 근처 오리나무 아래까지 와서 뒤돌아보니, 효주는 쫓아오지 않았습니다.

한숨 돌린 곤은 장어 머리를 깨물어서 간신히 털어낸 뒤 굴 밖의 풀밭에 내동댕이쳤습니다.

2

열흘 정도 지나 곤이 농부 야스케의 집 뒤뜰을 지나갈 때였습니다. 무화과나무 그늘에서 야스케의 아내가 치아를 검게 물들이고* 있었고, 대장장이 신베의 집에서는 그의 아내가 머리를 빗고 있었습니다.

'흠, 동네에 무슨 일이 있나 보군.' 곤은 생각했습니다.

'뭐지? 가을 축젠가? 축제라면 북이랑 나팔 소리가 날 텐데... 그리고 가장 먼저 신사에 깃발을 세울 텐데....'

이런 생각을 하면서 걷다 보니 어느새 마당에 빨간 우물이 있는 효주의 집 앞에 와있었습니다. 다 쓰러져 가

---

* 기혼여성의 화장법.

는 작은 집안에 많은 사람이 모여 있었습니다. 외출복을 입고 허리에 수건을 꽂은 여자들이 마당의 부뚜막에서 불을 피우고 있었고, 큰 솥에서는 무언가 부글부글 끓고 있었습니다.

'아아, 장례식이구나.' 곤은 생각했습니다.

'효주네 집에서 누가 죽었나 보네.'

한낮이 지나 동네 묘지로 간 곤이 로쿠지조* 뒤에 숨어 있었습니다. 날씨가 좋아서 멀리 있는 성의 기와지붕도 반짝거렸습니다. 묘지에는 빨간 천 조각 같은 석산이 끝없이 피어 있었습니다. 그때 동네 쪽에서 "땡, 땡." 종소리가 났습니다. 장례식을 알리는 신호입니다.

이윽고 흰 옷을 입은 장례 행렬이 보이기 시작했습니다. 말소리도 점차 가까워졌습니다. 장례 행렬이 묘지로 들어왔습니다. 사람들이 지나간 자리에는 짓밟힌 석산이 어지럽게 흐트러져 있었습니다.

곤이 고개를 쭉 빼고 쳐다보니 흰 상복을 입은 효주가 위폐를 들고 있습니다. 빨간 고구마 같던 활기찬 얼굴이 오늘은 어쩐지 힘이 없어 보입니다.

---

* 묘지 앞에 세워 두는 여섯 지장보살.

'아, 효주의 엄마가 죽었구나.'

곤은 그렇게 생각하면서 머리를 숙였습니다.

그날 밤 곤은 굴속에서 생각했습니다.

'병석에 누운 효주의 엄마가 장어가 먹고 싶다고 했을 거야. 그래서 효주가 그물을 꺼냈을 테고. 그런데 내가 장난을 치는 바람에 효주는 엄마에게 장어를 줄 수 없었어. 장어를 먹어 보지도 못하고 엄마가 죽었을 거야. 아아. 장어가 먹고 싶어, 장어가 먹고 싶어 하면서 죽은 거지. 쳇! 그런 장난은 치지 말 걸 그랬어.'

3

효주가 빨간 우물가에서 보리를 씻고 있었습니다.

지금까지 어머니와 단둘이 살던 효주는 어머니가 세상을 떠나자 홀로 남게 되었습니다.

'효주도 나처럼 외톨이구나.'

창고 뒤에서 보고 있던 곤은 그렇게 생각했습니다.

곤이 창고를 벗어나 걷고 있는데 어디선가 정어리 장수의 목소리가 들렸습니다.

"쌉니다, 싸요. 물 좋은 정어리 사세요."

곤은 우렁찬 소리가 나는 쪽으로 달려갔습니다. 그때

야스케 부인이 집 뒷문 쪽에서 말했습니다.

"정어리 좀 줘 봐요."

정어리 장수는 수레를 길가에 세워 둔 채 반짝반짝 빛나는 정어리를 양손에 들고 야스케의 집 안으로 들어갔습니다. 곤은 그 틈을 노려 바구니 안에서 대여섯 마리의 정어리를 물고는 왔던 쪽으로 냅다 뛰었습니다. 그리고 효주의 집 뒷문으로 정어리를 던져 넣고 굴로 돌아왔습니다. 도중에 언덕 위에서 돌아보니 아직 우물가에서 보리쌀을 씻고 있는 효주의 모습이 조그맣게 보였습니다.

곤은 장어 사건에 대해 속죄하는 마음으로 일단 하나 좋은 일을 했다고 생각했습니다.

다음 날은 산에서 밤을 잔뜩 주워서 효주의 집으로 가져갔습니다. 뒷문에서 엿보니 점심을 먹다 말고 그릇을 든 채 멍하니 생각에 잠겨 있는 효주의 볼에 긁힌 상처가 나 있었습니다. 무슨 일이지 생각하고 있는데 효주가 혼잣말을 했습니다.

"대체 누가 정어리 같은 걸 우리 집에 갖다 놓은 거야. 억울하게 도둑으로 몰려서 정어리 장수한테 욕만 엄청 먹었잖아."

'이런 어쩌지. 가엾게도 정어리 장수에게 얻어맞아서 상처까지 생긴 건가?'

곤은 이런 생각을 하면서 슬쩍 창고 쪽으로 가서 그 앞에다 밤을 두고 돌아갔습니다. 다음 날도 그다음 날도 밤을 주워서 효주의 집에 가져다 놓았습니다. 그다음 날에는 밤과 함께 송이버섯도 두세 개 가지고 갔습니다.

4

달이 밝은 밤이었습니다. 곤은 어슬렁어슬렁 놀러 나갔습니다. 나카야마 성 아래를 조금 걷다 보니 좁은 길 저편에서 누군가 오는 소리가 들립니다. 찌르릉 찌르릉 방울벌레가 울고 있습니다.

곤이 길가에 숨어서 지켜보고 있는데 이야기 소리가 점점 가까워졌습니다. 알고 보니 그건 효주와 농부 가스케였습니다.

"이봐, 있잖아, 가스케." 효주가 말했습니다.

"으응?"

"나 말야, 요즘 이상한 일이 자꾸 생겨."

"뭔데?"

"어머니가 돌아가시고 나서 누군가 밤이랑 송이버섯

을 매일 가져다줘.”

“그래? 누가?”

“그게 누군지 모르겠어. 내가 모르는 사이에 두고 가거든.”

곤은 두 사람 뒤를 따라갔습니다.

“정말?”

“정말이라니까. 못 믿겠으면 내일 우리 집에 와 봐. 내가 그 밤을 보여 줄 테니까.”

“이야, 희한한 일도 다 있네.”

두 사람은 잠자코 걸어갔습니다.

가스케가 갑자기 뒤를 휙 돌아보았습니다. 깜짝 놀란 곤은 몸을 바싹 움츠렸습니다. 가스케는 곤이 있는 걸 알아차리지 못하고 그대로 성큼성큼 걸어갔습니다. 농부 기치베의 집까지 온 두 사람은 거기로 들어갔습니다. 퉁퉁퉁 목어를 두드리는 소리가 났습니다. 창문으로 빛이 새어 나오고 커다란 민머리가 움직이는 게 비쳤습니다. 곤은 우물 근처에서 웅크리고 앉아 생각했습니다.

‘염불을 하나 보군.’

잠시 후에 몇 명이 더 기치베의 집으로 들어갔습니다.

염불을 읊는 소리가 들려 왔습니다.

5

곤은 염불이 끝날 때까지 우물 근처에 웅크리고 있었습니다. 효주와 가스케가 함께 나왔습니다. 곤은 두 사람의 얘기를 들으려고 효주의 그림자를 밟으며 따라갔습니다.

성 아래까지 왔을 때 가스케가 말을 꺼냈습니다.

"아까 그 얘기 말인데... 아마 틀림없이 신령님이 보내 주신 걸 거야."

"뭐?"

효주는 깜짝 놀라서 가스케의 얼굴을 쳐다보았습니다.

"아까부터 쭉 생각해 봤는데, 아무래도 그건 사람이 한 게 아닐 거야. 신령님이야. 신령님이 홀로 남은 네가 가엾어서 그런 것들을 주시는 거라고."

"그럴까?"

"그렇다니까. 그러니까 매일 신령님께 감사드려."

"그래. 알겠어."

곤은 생각했습니다.

'뭐야, 이런 멍청이들 같으니라고. 밤이랑 송이버섯은

니이미 난키치 197

내가 주는 건데, 나한테 해야 할 인사를 신령님에게 하다니 애쓴 보람이 없잖아.'

6

그다음 날도 곤은 밤을 가지고 효주의 집으로 갔습니다. 효주는 창고에서 새끼를 꼬고 있었습니다. 곤은 뒷문을 통해 안으로 몰래 들어갔습니다.

그때 문득 고개를 든 효주의 눈에 여우가 집 안으로 들어오는 게 보였습니다.

'요전에 장어를 훔쳐 간 여우란 놈이 또다시 장난을 치러 왔군.'

'옳지.'

벌떡 일어난 효주가 헛간에 걸려있던 화승총을 집어들고 화약을 채웠습니다.

그리고 발소리를 죽이며 다가가서 막 문을 나서려는 곤에게 "탕!" 총을 쐈습니다. 곤이 풀썩 쓰러졌습니다. 효주가 다가갔습니다. 그제야 토방 안에 밤이 쌓여 있는 것이 보였습니다.

"이런."

효주는 깜짝 놀라며 곤을 바라보았습니다.

"곤, 너였어? 밤을 가져다준 게?"

축 늘어진 곤은 눈을 감은 채 끄덕였습니다.

효주는 화승총을 떨어트렸습니다. 총구에서 푸른 연기가 가늘게 피어오르고 있었습니다.

오가와 미메이

빨간 양초와 인어
서홍 옮김

어느 축구공의 일생
왕이 감동한 이야기
안영신 옮김

오가와 미메이(小川未明 1882~1961)

니이가타현 출생. 본명은 오가와 겐사쿠. 도쿄전문학교(현 와세다대학 전신) 영문과를 졸업한 오가와 미메이는 '일본의 안데르센', '일본 아동문학의 아버지'로 불린다. 1904년 잡지 《신소설》에 첫 소설 「방랑아」를 발표해 주목을 받았으며 1907년에 발표한 「우박에 진눈깨비」로 소설가로서의 지위를 확립하였다. 1925년에 '소다이 동화회'를 설립하였고 1926년 《도쿄니치니치신문》에 '이제부터는 동화 작가로'라는 제목의 소감을 발표하면서 동화에 전념할 것을 선언한다. 1946년 창설된 일본아동문학자협회의 초대 회장을 역임하였고 1951년 일본예술원상을 수상하였다. 사후 30주년을 기념해 1991년 '오가와 미메이 문학상'이 제정되었다. 대표작으로 「금 굴렁쇠」, 「빨간 양초와 인어」, 「달밤과 안경」, 「들장미」 등이 있다.

빨간 양초와 인어

1

인어는 남쪽 바다에서만 사는 게 아닙니다. 북쪽 바다에도 살고 있었습니다.

북쪽 바다색은 파랬습니다. 어느 날 여자 인어가 바위 위로 올라가 주변 경치를 구경하면서 쉬고 있었습니다.

구름 사이로 새어 나온 달빛이 파도 위를 쓸쓸하게 비추고 커다란 파도는 사방으로 끝도 없이 일렁거립니다.

인어는 생각했습니다.

'아, 풍경이 너무 쓸쓸하다. 우린 인간과 별로 다르게 생기지도 않았는데. 마음씨나 생김새도 물고기라든가 깊은 바닷속에 사는 성질이 사나운 짐승보다 인간 쪽에 훨씬 더 가깝고. 그런데 우린 왜 물고기랑 짐승들처럼 차갑고 어둡고 우울한 바닷속에서 살아야 하는 걸까?'

이야기할 상대도 없이 그저 밝은 바다 위만 그리워하며 긴 세월을 보낸 걸 생각하니 인어는 정말 견딜 수가 없었습니다. 그래서 달이 밝게 비추는 밤이면 이렇게 바다 위로 올라와 바위에서 쉬면서 이런저런 공상에 잠겼습니다.

'인간이 사는 동네는 아름답다지? 인간은 물고기나 짐승보다 인정도 많고 상냥하다잖아. 그렇다면 우린 인간이랑 비슷하니까 인간들 속에서 못 살 것도 없지 않을까? 비록 지금은 물고기랑 바닷속 짐승들과 함께 살고 있지만 말야.'

그 인어는 임신 중이었습니다.

'그래. 난 비록 쓸쓸하고 이야기 상대도 없는, 북쪽의 파란 바닷속에서 오랫동안 살아왔지만, 앞으로 태어날 아이만은 슬프고 의지할 데도 없는 이런 곳에서 외롭게 살게 하고 싶지 않아. 아주 화려한 그런 나라는 아니더라도 어떻게든 인간 세상에서 살게 해 줄 거야. 나 홀로 바닷속에서 사는 건 생각만 해도 슬픈 일이지만, 내 아이가 행복하게 살 수만 있다면 그걸로 충분해. 인간은 이 세상에서 가장 친절하다고 했어. 그리고 가엾은 사람이나 의지할 데 없는 사람은 절대로 따돌리거나 괴롭히지도 않고, 한번 관계를 맺으면 절대로 버리지 않는다잖아. 다행히 우린 얼굴은 물론이고 몸통 위쪽은 인간과 똑같이 생겼으니까 인간 세상에서도 살 수 있을 거야. 일단 인간이 데려가기만 하면 틀림없이 잘 키워 줄 거야.'

인어는 그렇게 생각했습니다.

적어도 자기 아이만은 밝고 아름답고 사람들로 북적이는 곳에서 자라주었으면 하는 마음에 인어는 육지에다 아이를 낳아놓기로 했습니다. 그렇게 하면 두 번 다시 아이의 얼굴을 볼 수 없겠지만, 아이만은 인간 세상에서 행복하게 살 수 있을 거라고 생각했던 겁니다.

먼 해안가의 야트막한 산에 있는 신사의 등불이 파도 사이로 힐끗힐끗 보였습니다. 어느 날 밤 인어는 아이를 낳기 위해 어두운 파도 사이를 헤엄쳐 육지 쪽으로 다가갔습니다.

2

해안가에 작은 마을이 있었습니다. 마을에는 여러 가게가 있었는데 신사가 있는 산 아래에 작은 양초 가게가 있었습니다.

그 집에는 나이 많은 부부가 살고 있었습니다. 할아버지는 양초를 만들고, 할머니는 그 양초를 가게에서 팔았습니다. 마을 사람들과 부근에 사는 어부들이 신사에 올라갈 때 이곳에서 양초를 샀습니다.

신사는 산 위의 소나무 숲속에 있었습니다. 소나무 숲에서는 바다 쪽에서 불어오는 바람 때문에 낮이나 밤이나 웅웅거리는 소리가 났습니다. 그리고 밤이 되면 사람들이 신사에 켜 놓은 양초의 불빛이 흔들리는 게 먼바다에서도 보였습니다.

어느 날 밤, 할머니가 할아버지에게 말했습니다.

"우리가 이렇게 사는 것도 다 신령님 덕분이에요. 이 산에 신사가 없었다면 양초 장사도 안됐을 테니. 정말 고마운 일이에요. 생각난 김에 산에 가서 참배라도 하고 와야겠어요."

"그래, 정말 좋은 생각이구려. 신령님께 늘 고맙다는 생각을 하면서도 일이 바쁘다 보니 좀체 참배를 하지 못했군. 내 몫까지 감사 인사를 드리고 오구려."

할아버지가 대답했습니다.

할머니는 조용히 집을 나섰습니다. 밤이었지만, 달이 밝아서 대낮처럼 환했습니다. 참배를 마치고 내려오는데 돌단 아래에서 아기 울음소리가 들렸습니다.

'아이고, 불쌍해라. 누가 이런 데다 아기를 버렸누. 그런데 참 신기하기도 하네. 참배하고 돌아가는 길에 내 눈에 띈 걸 보면 이것도 무슨 인연이 아닐까. 이대로 두고 가면 틀림없이 신령님께 벌을 받을 게야. 신령님이 우리 부부에게 아이가 없는 걸 알고 주신 거니까 영감이랑 상의해서 데려다 키워야겠어.'

할머니는 마음속으로 그렇게 되뇌며 아기를 안아 들었습니다.

"아이고, 가여운 거, 가엾기도 해라."

할아버지는 할머니를 기다리고 있었습니다. 그런데 할머니가 아기를 안고 돌아온 겁니다. 자초지종을 듣고 할아버지 역시 이렇게 대꾸했습니다.

"맞아. 이 아인 틀림없이 신령님이 보내주신 걸게야. 그러니까 소중하게 잘 키우지 않으면 벌을 받을지도 몰라."

두 사람은 아기를 키우기로 했습니다. 그 아기는 여자아이였습니다. 그런데 몸통 아래쪽은 인간의 모습이 아니라 물고기의 모습이었기 때문에 할아버지와 할머니는 말로만 듣던 인어가 틀림없다고 생각했습니다.

"이건 인간의 아이가 아닌데..."

할아버지는 고개를 갸우뚱했습니다. 그러자 할머니가 말했습니다.

"나도 그렇게 생각해요. 하지만 그래도 너무 귀엽고 사랑스러운 아이잖아요."

"그렇군. 아무렴 어떻겠어. 신령님이 보내주신 아이니까 잘 키웁시다. 분명히 영리하고 착한 아이로 자랄 게요."

그날부터 두 사람은 그 여자아이를 소중하게 키웠습니다. 아기는 눈동자가 검고 머릿결이 아름답게 반짝거리는 얌전하고 영리한 아이로 자라났습니다.

3

아이는 얌전한 소녀로 성장했지만, 남들과 다른 모습을 부끄러워하며 얼굴을 드러내지 않았습니다. 하지만 일단 한 번 보기만 하면 누구나 깜짝 놀랄 정도로 아름다운 얼굴이었습니다. 어떻게든지 그녀를 한번 보려고 일부러 양초를 사러 오는 사람도 있을 정도였습니다.

　노부부는 말했습니다.

　"우리 딸은 내성적이고 부끄러움을 많이 타서 밖에 잘 안 나온다우."

　할아버지는 열심히 양초를 만들었습니다. 양초에다 그림을 그리면 사람들이 더 좋아할 것 같다는 생각이 든 딸이 할아버지에게 말했습니다.

　"양초에다 그림을 그리면 좋을 것 같아요."

　"어디 그럼, 네가 좋아하는 그림을 한번 그려 보렴."

　딸은 하얀 양초에다 빨강 물감으로 물고기며 조개며 해초 같은 것들을 능숙하게 그렸습니다. 한 번도 배운 적이 없는데도 말이죠. 그걸 보고 할아버지는 깜짝 놀랐습니다. 누구든 보기만 하면 양초가 꼭 갖고 싶어질 만큼 어떤 신비한 힘과 아름다움이 느껴지는 그림이었던 겁니다.

　"잘 그리는 게 당연할 게야. 인간이 아니라 인어니까."

　할아버지와 할머니는 감탄하면서 그런 얘기를 했습니다.

　"그림 있는 양초 주세요."

아침부터 밤까지 아이 어른 할 것 없이 너도나도 양초를 사러 왔습니다. 그림 양초는 정말 누구에게나 인기가 있었습니다.

그런데 한 가지 이상한 소문이 퍼졌습니다. 사람들이 이런 얘기를 수군대기 시작한 겁니다. 바다에서 아무리 큰 폭풍우를 만나더라도 신사에 바쳤던 그림 양초의 타다 남은 재만 지니고 있으면 배가 전복되거나 익사하거나 하는 재난을 당하지 않는다는 얘기 말입니다.

마을 사람들은 이런 말을 했습니다.

"바다의 신을 섬기는 신사니까 아름다운 양초를 바치면 신령님도 기뻐하시는 게 당연하지."

그림이 그려진 양초가 잘 팔렸기 때문에 할아버지는 아침부터 밤까지 열심히 양초를 만들고 딸은 옆에서 손이 아픈 것도 참으며 빨강 물감으로 그림을 그렸습니다.

'평범한 인간도 아닌 나를 예뻐하고 키워주신 은혜를 절대로 잊으면 안 돼.'

마음씨 착한 딸은 이렇게 생각하며 커다란 눈에 눈물을 글썽인 적도 있습니다.

이 이야기는 먼 마을까지 소문이 났습니다. 먼 곳에 사는 뱃사람과 어부들까지 신에게 드릴 그림 양초가 필요하다며 일부러 찾아왔습니다. 그리고 이 양초를 신사에 켜 놓고 참배를 한 뒤 양초가 짧아지는 것을 기다렸다가 그걸 들고 돌아갔습니다. 덕분에 산 위의 신사에는 밤낮없이 항상 촛불이 켜져 있었습니다. 밤이 되면 먼바다에서도 아름다운 불빛이 보였습니다.

정말 영험한 신이라는 평판이 세간에 퍼졌습니다. 덕분에 이 산까지 유명해졌습니다.

신에 대한 평판은 점점 높아졌습니다. 하지만 누구 하나 양초에 온 마음을 쏟아 그림을 그리는 소녀를 떠올리지 않았고, 소녀를 가엾게 생각하는 사람도 당연히 없었습니다.

소녀는 그림을 그리다 지치면 달이 밝은 밤에 창문으로 머리를 내밀고 머나먼 북쪽의 푸른 바다를 그리워하며 눈물짓는 일도 있었습니다.

4

어느 날, 남쪽 나라에서 상인이 찾아왔습니다. 북쪽 나라에 가서 진귀한 것을 사다 남쪽 나라로 가져가 팔아서 돈을 벌 거라고 했습니다.

상인은 소문을 들은 건지 아니면 우연히 소녀를 보고

말로만 듣던 진귀한 인어라는 것을 눈치챈 건지 어느 날 노부부의 집으로 찾아왔습니다. 그리고 큰돈을 주면서 인어를 팔라고 했습니다.

노부부는 처음에는 신이 보내주신 소녀를 팔 수 없다며, 그런 짓을 하면 천벌을 받을 거라고 거절했습니다. 하지만 상인은 포기하지 않고 또다시 찾아왔습니다. 그리고 노부부를 향해 마치 진실인 양 이런 말을 한 겁니다.

"옛날부터 인어는 불길한 존재라고 했습니다. 지금 당장 인연을 끊지 않으면 반드시 나쁜 일이 생길 겁니다."

결국 노부부는 상인의 말을 믿게 되었습니다. 더구나 큰돈까지 준다고 하니 돈에 욕심이 생겨서 소녀를 팔기로 한 겁니다.

상인은 아주 기뻐하며 곧 소녀를 데리러 오겠다는 말을 하고 돌아갔습니다.

이 이야기를 들은 소녀가 얼마나 놀랐을지는 말할 것도 없습니다. 내성적이고 마음이 여린 소녀는 이 집을 떠나서 수백 리나 떨어진 낯설고 더운 남쪽 나라에 가는 것이 두려웠습니다. 그래서 노부부에게 울며 애원했습니다.

"앞으로 더 열심히 일할 테니까 제발 낯선 남쪽 나라

로 보내지 말아 주세요."

하지만 이미 돈에 눈이 먼 노부부는 소녀의 말을 들으려고도 하지 않았습니다.

소녀는 방 안에 틀어박힌 채 그저 열심히 양초에 그림을 그렸습니다. 하지만 노부부는 그걸 보면서도 가엾다거나 안쓰럽다거나 하는 마음이 전혀 생기지 않았습니다.

달이 밝은 밤이었습니다. 소녀는 파도 소리를 들으면서 자신의 처지를 슬퍼하고 있었습니다. 그때 누군가 멀리서 자신을 부르는 것 같아서 창밖을 내다보았습니다. 하지만 푸르디푸른 넓은 바다 위로 그저 달빛만 끝없이 쏟아지고 있을 뿐이었습니다.

소녀는 다시 그림을 그리기 시작했습니다. 그런데 갑자기 밖이 소란스러워졌습니다. 언젠가 왔던 그 상인이 마침내 소녀를 데리러 온 겁니다. 쇠 철창이 있는 커다란 우리를 차에 싣고 왔습니다. 예전에 그 우리에는 호랑이와 사자, 표범 같은 것을 가뒀던 적이 있습니다.

상인은 이 착한 인어도 바닷속의 짐승이나 다름없다고 생각해서 호랑이나 사자처럼 다루려고 한 겁니다. 이 상자를 소녀가 본다면 넋이 나갈 만큼 놀라겠지요.

아무것도 모르고 고개를 숙인 채 그림만 그리고 있는

소녀에게 할아버지와 할머니가 말했습니다.

"이제, 넌 가야 한다."

노부부가 재촉하는 바람에 당황한 소녀는 양초를 전부 다 빨갛게 칠해 버리고 말았습니다.

소녀가 떠난 자리에는 소녀의 슬픔이 담긴 빨간 양초 두세 자루만 남게 되었습니다.

5

아주 고요한 밤. 노부부는 문을 닫고 자고 있었습니다.

한밤중에 누군가 "똑, 똑." 문을 두드렸습니다. 잠귀가 밝은 노부부는 그 소리에 곧바로 잠에서 깼습니다.

"누구요?" 할머니가 물었습니다.

하지만 아무 말 없이 또다시 "똑, 똑." 문을 두드렸습니다.

할머니가 일어나서 문을 조금 열고 내다보니 피부가 하얀 여자가 문 앞에 서 있었습니다.

양초를 사러 온 거였습니다. 할머니는 조금이라도 돈이 된다면 결코 싫은 내색을 하는 법이 없었습니다.

상자에서 양초를 꺼내 여자에게 보여주던 할머니가 깜짝 놀랐습니다. 여자의 길고 검은 머리가 물에 흠뻑 젖어서 달빛에 빛나고 있었기 때문입니다. 상자 안에서 꺼낸 새빨간 양초를 뚫어져라 쳐다보던 여자는 그걸 사 가지고 돌아갔습니다.

밝은 곳으로 가서 찬찬히 살펴보니 그 여자가 준 건 돈이 아니라 조개껍데기였습니다.

화가 난 할머니가 문밖으로 쫓아갔지만, 그 여자는 이미 보이지 않았습니다.

그날 밤의 일입니다. 하늘의 색이 갑자기 바뀌더니 근래에 본 적 없던 거센 폭풍우가 불어 닥쳤습니다. 그때가 바로 우리 안에 가둔 소녀를 실은 배가 남쪽 나라로 가기 위해 바다 한가운데를 지나는 도중이었던 겁니다.

"이렇게 무서운 폭풍이 불다니, 그 배는 도저히 못 버틸게야." 할아버지와 할머니는 덜덜 떨면서 이야기를 했습니다.

날이 밝았지만, 바다 한가운데는 여전히 시커멓고 무시무시했습니다. 그날 밤 수도 없이 많은 배가 난파당했습니다.

그런데 정말로 이상한 건 아무리 날씨가 맑은 밤이라도 산의 신사에 빨간 양초가 켜지면 곧바로 큰 폭풍이 불어닥친다는 겁니다.

그래서 사람들은 빨간 양초를 불길하게 여기게 되었습니다. 양초 가게의 노부부는 신에게 벌을 받은 거라며 가게 문을 닫았습니다.

하지만 누가 신사에 불을 밝히는 건지, 매일 밤 빨간 양초가 켜졌습니다. 옛날에는 이 신사에 켜놓았던 그림 양초의 재만 가지고 있어도 바다에서 재난을 당하는 일이 없었습니다. 그런데 이제는 빨간 양초 불빛을 보기만 해도 그 사람은 반드시 재난을 당해서 바다에 빠져 죽게 된 겁니다.

이 소문이 세상에 퍼지자 더 이상 아무도 산 위의 신사에 참배하지 않게 되었습니다. 예전에는 모두가 의지하고 따르던 신령님이 이제는 마을의 도깨비 취급을 받게 된 겁니다. 그리고 사람들은 이런 신사가 이 동네에 없었으면 좋겠다며 원망을 했습니다.

뱃사람들은 먼바다에서도 신사가 있는 산이 보이면 두려워했습니다. 밤이 되면 북쪽 바다는 더욱더 거칠어졌습니다. 끝도 없이 높은 파도가 넘실댔습니다. 바닷물이 바위에 부딪히며 흰 파도가 일었습니다. 구름 사이로 새어 나온 달빛이 파도 위로 비칠 때는 그야말로 으스스했습니다.

칠흑같이 어두운 밤, 비까지 내리고 있었습니다. 갑자기 파도 위에서 나타난 촛불 빛이 산 위의 신사를 향해 깜빡거리며 서서히 올라가는 것을 본 사람이 있습니다.

몇 년이 지나지 않아 신사 아래의 동네는 사라져 버리고 말았습니다.

어느 축구공의 일생

축구공은 아이들이 너무 거칠게 다룬 탓에 많이 약해
져 있었습니다. 어차피 밟히고 걷어차일 운명이지만 그
래도 조금은 자신의 입장에서 생각해 주길 바랐습니다.

하지만 이런 공의 마음을 아이들이 알아줄 리가 없습
니다. 아이들은 까르르대며 마음껏 공을 밟고 걷어차면
서 뛰어놀았습니다. 공은 자갈 위를 구르고 흙길을 달렸
습니다. 그러다 보니 온몸에 무수히 많은 상처가 생겼습
니다.

공은 어떻게든 아이들의 손에서 벗어나고 싶었지만 그건 이룰 수 없는 바람이었습니다. 밤이 되면 온몸이 아파서 견디기 힘들었습니다. 가끔씩 비가 내리는 날엔 편히 쉴 수 있었지만, 비가 조금이라도 그치면 물웅덩이 속으로 던져지거나 온몸에 흙탕물을 뒤집어써야 했습니다. 비 오는 날이 길어질수록 비가 갠 뒤에는 아이들이 한층 더 거칠게 자신을 다루었기 때문에 공은 비가 오는 것도 별로 반갑지 않았습니다.

어느 날, 공은 아이들에게 혹사당하는 것을 더 이상 견디기 힘들었습니다. 계속 이렇게 지독하게 당할 바에는 차라리 하루빨리 가죽이 찢어져서 아이들과 놀 수 없게 되었으면 좋겠다는 생각마저 들었습니다.

그런 생각을 하고 있을 때 공은 힘껏 차여서 덤불 속으로 날아갔습니다. 그리고 풀이 무성한 나무 그늘에 숨어 버렸습니다.

"공이 안보이네."

"어디 갔지?"

아이들은 우거진 수풀 속으로 들어가서 공을 찾았습니다. 하지만 나뭇가지 그늘에 살포시 숨어 있는 공을 아무도 발견하지 못했습니다.

"여기엔 없어. 다른 데 있나봐."

다른 쪽으로 가보았지만 결국 찾지 못하자 다들 풀이 죽어서 어디론가 가버렸습니다.

공은 홀로 남겨졌습니다. 하지만 아이들은 다시 이곳에 올 겁니다. 그리고 자신을 찾아내서 더 격렬하게 던지고 발로 찰 거라는 생각에 한숨이 절로 나왔습니다.

이렇게 나뭇가지 그늘에 움츠리고 있는 공을 하늘에서 구름이 가만히 지켜보고 있었습니다. 아이들에게 괴롭힘을 당하는 공을 불쌍히 여긴 구름은 아무도 모르게 살며시 땅으로 내려왔습니다.

"저는 알고 있답니다. 당신만큼 마음씨 곱고 정직하고 좋은 분은 없다는 사실을요. 그런데 매일 이렇게 곤욕을 치르고 있으니 정말 안타깝네요. 다행히 지금은 당신이 여기 있는 걸 아무도 모르니까 누가 찾아내기 전에 나와 함께 하늘로 올라가요. 그러면 더 이상 아이들이 당신을 괴롭히지 않을 거예요. 그렇게 해요."

구름이 말했습니다. 공은 하늘에서 자신의 모습을 줄곧 지켜보고 있던 흰 구름의 얘기를 듣고 감동했습니다.

"그렇게 말해줘서 고맙습니다. 저 같은 게 저렇게 아름다운 하늘에 가서 살 수 있을까요?"

구름은 방긋 웃었습니다.

"좋은 생각이 있어요. 일단 빨리 올라가야 해요."

구름이 재촉하자 그 말에 따르기로 결심한 공은 구름을 타고 하늘 저편으로 높이높이 올라가 버렸습니다.

"저는 밤이 되면 이렇게 달을 싣고 넓은 하늘을 걷고 있어요. 하지만 달은 밤이 아니면 절 찾아오지 않아요. 당신은 달 대신에 낮에 여기서 가만히 아래 세상을 구경하면 돼요."

구름이 말했습니다.

공은 하얀 달처럼 둥근 얼굴을 구름 사이로 내밀고 세상을 내려다보았습니다. 하늘에 공이 있다고 생각하는 사람은 아무도 없었습니다.

"저기 한낮의 달님이 떴어."

아이들이 하늘을 올려다보며 말하는 게 들렸습니다.

공이 사라지고 난 뒤 아이들은 정말 쓸쓸해 보였습니다. 이젠 광장에 모여도 예전처럼 까르르대며 놀지 않았습니다.

"공은 어디로 간 걸까?"

한 아이가 말했습니다.

"좋은 공이었는데."

다른 아이가 사라진 공을 칭찬했습니다.

"너무 세게 차서 그래. 그러면 안 되는데."

그 중에는 후회하는 아이도 있었습니다.

예전엔 자신에 대해 아무 말도 하지 않았던 아이들이 이렇게 자신을 그리워하고 있는 걸 알게 된 공은 기쁘면서도 마음이 아팠습니다. 그리고 이렇게 자신을 사랑해준다면 괴롭고 힘들더라도 아이들을 기쁘게 해주고 싶었습니다.

사실 공은 구름 위에 있어서 안전하긴 했지만 매일 할 일도 없고 운동도 하지 않는 단조로운 일상에 싫증을 느끼고 있었습니다. 그리고 날이 갈수록 땅 위의 세상이 그리워졌습니다.

공은 땅으로 돌아갈까 생각했습니다. 그때 바람이 공에게 속삭였습니다.

"그런 생각은 안 하는 게 좋아. 만약 다시 돌아간다면 두 번 다시 여기에 오지 못할 거야. 그리고 지금까지 당한 것보다 더 괴롭힘을 당할 거야."

구름은 다시 공에게 말했습니다.

"괴로웠던 시절을 벌써 잊은 건가요? 여기에 있으니 제가 얼마나 안심이 되는지 몰라요. 저 아이들도 금방 당신을 잊어버릴 거예요."

하지만 공은 아무리 생각해도 아이들과 함께 지내던 때가 그리웠습니다. 외톨이가 되어 머지않아 모두에게 잊힐 거라 생각하니 더 이상 가만히 있을 수 없었습니다.

"오랫동안 신세를 졌습니다. 뭐라고 감사의 말씀을 드려야 할지 모르겠어요. 저는 이제 땅으로 내려가겠습니다. 아이들의 곁으로 돌아가야겠어요. 너무 외롭고 쓸쓸해서 견딜 수가 없어요."

이야기를 들은 구름은 공이 가엾게 느껴졌습니다.

"그렇게 돌아가고 싶다면 데려다 줄게요."

어느 날 밤, 구름은 공을 태우고 땅으로 와서 예전에 숨었던 덤불 속에 살며시 내려 주었습니다.

"잘 지내세요. 그럼 안녕."

구름은 서운한 듯 작별 인사를 건넸습니다.

"그동안 정말 고마웠어요."

공은 감사의 말을 전했습니다.

이윽고 날이 밝아왔고 덤불 속으로 아침 햇살이 쏟아졌습니다. 작은 새들이 나무 꼭대기에서 지저귀고 명자나무 꽃이 새빨간 입술로 공에게 입을 맞추었습니다.

"지금까지 어디에 계셨던 거예요? 모두가 매일 당신

을 찾고 있었어요."

명자나무는 공에게 반갑게 인사했습니다.

공은 땅 위의 모든 것이 아름답게 느껴졌고 그저 감사할 뿐이었습니다. 어째서 이렇게 좋은 땅을 떠나 하늘 위로 올라갈 생각을 했던 걸까. 이젠 불평도 안 하고 모두와 함께 잘 지내야겠다고 다짐했습니다.

도저히 공을 잊을 수 없었던 아이들은 다시 덤불 속으로 찾으러 왔습니다. 그리고 뜻밖에도 공을 발견하고 기뻐했습니다.

"있다! 있어! 공이 있어."

"야, 공을 찾았어!"

"얘들아, 빨리 와."

그날부터 광장에서는 예전처럼 축구가 시작되었습니다. 아이들은 한동안 공을 조심조심 소중히 다뤘습니다.

하지만 어느 샌가 다시 거칠게 다루기 시작했고 공은 어떤 일을 당해도 묵묵히 견디고 있었습니다.

그러는 사이에 공도 나이가 들어버렸습니다. 튀어오를 기운도 없어졌을 뿐만 아니라 불평을 하거나 도망칠 용기도 없어졌습니다. 아이들이 하는 대로 몸을 맡긴 채 온종일 밖에 내팽개쳐져 있기도 했습니다.

구름은 지친 몸으로 넓은 들판을 굴러다니는 공이 가엾고 불쌍했습니다. 구름은 공이 다시 하늘로 올라오겠다면 데려와야겠다는 생각에 아무도 없을 때를 골라 땅으로 내려왔습니다.

"여보세요, 공 씨."

구름이 말했습니다. 하지만 공은 귀가 멀고 눈도 침침해져서 구름이 부르는 소리를 알아듣지도 못했습니다. 구름은 슬퍼하면서 떠났습니다.

왕이 감동한 이야기

세상이 처음 만들어졌을 때 아름다운 천사 삼남매가 있었습니다. 제일 큰 언니는 마음씨 곱고 말수가 적은 얌전한 소녀였고, 둘째는 크고 또렷한 눈매를 지닌 어여쁜 소녀였으며, 막냇동생은 밝고 정직한 소년이었습니다.

이 세상이 처음 만들어지던 때라서 삼남매는 제각기 무언가로 모습을 바꿔야 했습니다.

"잘 생각해 보고 자신이 원하는 것이 되거라. 하지만 한번 모습을 바꾸고 나면 다시 원래의 천사로 돌아올 수 없으니 신중하게 결정해야 하느니라."

신이 말했습니다.

언니와 여동생, 남동생은 각자 무엇이 되면 좋을지 생각해 봤습니다. 모습이 바뀌고 나면 더 이상 지금처럼 사이좋게 이야기를 나눌 수도 없고, 또 얼굴을 볼 수도 없을 것 같아서 삼남매는 너무나 슬펐습니다.

마음이 여린 여동생은 두 눈 가득 눈물을 글썽이며 고개를 숙였습니다. 그러자 차분하고 조용한 언니가 여동생을 다독이며 다정하게 말했습니다.

"설령 멀리 떨어져 있다 해도 우리는 매일 밤 얼굴을 마주 볼 수 있을 거야. 그것만으로도 얼마나 행복하겠니."

드디어 세 천사는 마음을 정했습니다. 무엇이 되고 싶으냐는 신의 물음에 차분한 첫째가 대답했습니다.

"저는 별이 되고 싶어요."

둘째가 말했습니다.

"저는 꽃이 될게요."

마지막으로 막내가 말했습니다.

"저는 작은 새가 될래요."

신은 각자의 이야기를 듣고 허락해 주었습니다. 이렇게 해서 삼남매는 별과 꽃과 작은 새가 되었습니다.

별은 밤이 되면 하늘에서 반짝였지만 몇 백만 리나 멀리 떨어져 있어서 더 이상 동생들과 이야기를 나눌 수 없었습니다. 그래도 꽃은 밤마다 하늘을 바라보며 별에서 떨어지는 이슬을 온몸으로 맞았습니다. 작은 새가 된 남동생은 낮에는 꽃이 된 둘째 누나 곁에서 재잘거리며 놀았지만 큰누나의 모습은 볼 수 없었습니다. 그래서 별이 새벽빛 속으로 사라지기 전에 서둘러 일어나 하늘에서 빛나는 쓸쓸한 누나의 모습을 올려다보곤 했습니다.

어째서 이 세 명의 천사는 지금까지 그랬던 것처럼 다함께 모여 즐겁게 지내려는 생각을 하지 않았을까요?

그로부터 몇 세기가 지나 이 땅을 다스리는 왕이 나타났습니다.

매우 부지런했던 왕은 해가 떠서 질 때까지 쉬지 않고 일하는 부지런한 것이라면 뭐든지 좋아했습니다. 예를 들어 개미를 보면 '아, 개미는 참으로 대단하구나'라고 생각했습니다. 또 꿀벌을 보면 '아, 꿀벌은 참으로 기특하구나'라고 생각했습니다.

하지만 왕은 아름답게 핀 꽃을 보고는 정말 게으르다고 생각했습니다. 또 별을 보고는 저렇게 빛나는 게 무슨 소용이 있을까 하고 의아해 했습니다. 또 작은 새가 요란하게 지저귀는 소리를 듣고는 너무 시끄럽다고 생각했습니다.

그때 신비한 마법사가 왕을 찾아갔습니다. 이 마법사는 먼 옛날의 일뿐만 아니라 앞으로 수천 년 후에 일어날 일까지도 마법을 통해 알 수 있었습니다.

왕은 곧바로 마법사에게 물었습니다.

"저 별은 도대체 무엇이냐. 매일 밤 왜 저렇게 높은 곳에서 빛나고 있냔 말이다."

아주 먼 옛날이었기 때문에 사람들은 별이나 꽃, 새 등 모든 것에 호기심을 갖고 있었습니다. 그러니 왕이 궁금해 하는 것도 무리는 아니었지요. 마법사는 넓은 정원에 불을 피웠습니다. 그리고 하늘에서 빛나는 별을 향해 기도를 올렸습니다. 이윽고 마법사는 아득히 먼 곳에 있는 별과 이야기를 나눌 수 있게 되었습니다.

하지만 왕의 귀에는 마법사와 별의 대화가 들리지 않았습니다.

"별은 어떻게 해서 생겨난 것이냐?"

왕이 물었습니다.

"수천 년 전, 이 세상이 만들어질 때 언니와 여동생, 남동생 이렇게 사이좋은 천사 삼남매가 있었습니다. 삼남매는 각자 원하는 것으로 변해야 한다는 신의 명령을 받았습니다. 그래서 얌전하고 말수가 적은 첫째가 별이 된 것입니다.”

마법사의 말을 듣고 왕은 고개를 끄덕였습니다.

“하지만 저렇게 매일 밤하늘에서 빛나는 건 무엇 때문이냐? 태양처럼 따스한 빛을 내리쬐는 것도 아니고, 달처럼 밤길을 비출 만큼 밝은 것도 아닌데 무엇 때문에 밤새도록 빛나는 것이냐?”

왕이 물어보자 마법사는 별에게 그대로 전했습니다.

별은 마법사를 통해 자신이 어떤 이유로 별이 되었는지 왕에게 이야기했습니다.

“왕이시여, 세상에는 행복한 사람만 있는 게 아닙니다. 가난한 사람들도 많지요. 가난한 집에서 태어난 아이는 밤이면 추워서 잠을 깹니다. 또 일하러 나간 부모가 해가 저물어도 돌아오지 않을 때도 있어요. 그럴 때면 아이는 외로워서 웁니다. 저는 그런 아이들이 아무 탈 없이 지내길 기도합니다. 또 부모님을 여읜 불행한 아이도 있고, 아버지는 있지만 어머니가 없는 아이도 있어요. 그런 아이들은 밤잠을 이루지 못하고 웁니다. 저는 낡은 집의 틈새로 그런 아이들을 위로해줘야 해요.

그래서 하늘의 별이 된 거예요."

　이야기를 듣고 왕은 따뜻한 별의 마음에 감동했습니다. 그리고 별을 귀하게 여겼습니다.

　이어서 여동생이 꽃이 되고 남동생이 작은 새가 되었다는 사실을 전해 들은 왕은 그 이유도 마법사를 통해 듣고 싶어 했습니다.

　마법사는 아름다운 꽃에게 다가가 똑같이 기도를 올렸고 꽃은 마법사를 통해 왕에게 대답했습니다.

　"저는 언니가 별이 될 때 꽃이 되었어요. 저는 아름다운 옷을 입고 게으름을 피우고 있는 게 아닙니다. 인간은 이 세상을 살아가는 동안에는 서로 위로도 하고 찾아가기도 하지만 죽어서 무덤으로 가면 좀처럼 찾아가주는 이가 없어요. 저는 무덤에 있는 가여운 사람들을 위로하기 위해 꽃이 되었습니다. 그리고 환한 낮에도 아무도 없는 밤에도 무덤 앞에서 영혼을 달래기 위해 향기를 내뿜고 있어요."

　꽃의 마음씨에 감동받은 왕은 이후로 영원토록 꽃을 사랑했습니다.

　마지막으로 왕은 마법사에게 물었습니다.

　"작은 새는 왜 저렇게 시끄럽게 우는 것이냐?"

마법사는 작은 새를 자신의 지팡이 위에 앉게 했습니다. 그리고 또다시 기도를 올리자 새가 말했습니다.

"저는 누나들이 별과 꽃이 될 때 새가 되었어요. 저는 산과 들로 놀러 다니려고 새가 된 게 아니에요. 매일 산을 넘고 강을 건너는 나그네들이 얼마나 많은지 몰라요. 그중에는 갈 길을 서두르지만 지쳐서 잠이 들어 버리는 사람도 있어요. 집에는 아버지가 돌아오기만을 기다리는 아이가 있어요. 또 아들이 빨리 돌아오기를 기다리는 늙고 병든 부모도 있고요. 이런 사람들의 기운을 북돋아 주고 아침 일찍 상쾌하게 잠에서 깨어나게 하려고 지저귀는 거예요."

왕은 막내 동생이 작은 새가 된 이유를 비로소 알게 되었습니다. 삼남매 모두 사람들의 행복을 생각한다는 사실에 깊은 감동을 받았습니다. 왕은 작은 새를 영원히 평화의 사자로 여기게 되었습니다.

그로부터 이미 수만 년이 흘렀지만 별과 꽃과 작은 새는 사람들에게 사랑을 받고 시인들에게 칭송받고 있습니다. 천사 삼남매는 서로 아무 말도 나누지 않았지만 동틀 무렵 잠깐 얼굴을 마주했고 생기 넘치는 모습으로 영원히 서로에게 큰 힘이 되었습니다.

아리시마 다케오

포도 한 송이
제비와 왕자

박은정 옮김

아리시마 다케오(有島武郎 1878~1923)

1878년 도쿄에서 태어난 아리시마 다케오는 농업 혁신의 꿈을 꾸며 홋카이도 삿포로 농학교에 진학하고 기독교에 입신한다. 미국 유학을 마치고 신앙에 의문을 가지게 되었고 문학으로 자기표현의 가능성을 찾게 된다. 1910년 시가 나오야, 무샤노코지 사네아쓰와 함께 《시라카바》를 창간하고 소설과 평론을 발표하며 중심인물로 활약했다. 『카인의 후예』, 『미로』, 『탄생의 고뇌』, 『어떤 여자』, 『사랑은 아낌없이 빼앗는 것』 등 다수의 작품을 남겼다.

포도 한 송이

1

나는 어릴 적에 그림 그리기를 좋아했습니다. 내가 다니던 학교는 요코하마의 야마노테라는 곳에 있었는데 거기에는 서양인들이 주로 살고 있었습니다. 학교 선생님도 모두 서양인이었습니다. 그리고 학교에 가려면 항상 호텔이나 외국 회사들이 즐비한 해안길을 통과해야만 했습니다. 해안길에 서서 바닷가를 바라보면 새파란 바다 위에는 군함이나 상선들이 가득 차 있었습니다. 배의 굴뚝에서 나오는 연기나, 돛대에서 돛대로 이어지는 만국기는 눈이 부실 정도로 근사했습니다. 나는 자주 그 경치를 내려다보았고 집으로 돌아와 머릿속에 남아 있는 그 광경을 가능한 한 아름답게 그림으로 그렸습니다. 투명한 감색 바다와 바닷가의 하얀 범선. 하지만 내가 가지고 있던 물감으로는 그 모습을 잘 표현할 수 없었습니다. 아무리 그림을 잘 그려도 진짜 경치처럼 보이지 않았던 겁니다.

문득 우리 반 친구가 가지고 있는 서양 물감이 떠올랐습니다. 그 친구는 서양 아이였고 나보다 두 살 정도 나이가 많았는데 내가 올려다볼 정도로 키가 컸습니다. 짐이라는 이름의 그 아이는 외국의 고급 물감을 가지고 있었습니다. 가벼운 나무 상자 안에 열두 가지 색깔의 물감이 들어 있었습니다. 물감은 사각형의 단단한 작은 숯처럼 생겼습니다. 물감 색은 전부 아름다웠지만 특히 남색과 붉은색이 놀랄 만큼 아름다웠습니다. 짐은 나보다 키는 컸지만 그림은 아주 서툴렀습니다. 하지만 그 물감으로 칠하면 서투른 그림도 몰라보게 아름다워지는 것이었습니다. 나는 그게 정말 부러웠습니다.

'저 물감만 있으면 바다도 진짜처럼 그릴 수 있을 텐데.'

나는 내가 가지고 있는 그림물감 탓을 했습니다. 그랬더니 나도 모르는 사이에 짐의 그림물감이 너무 갖고 싶어졌습니다. 하지만 나는 소심한 성격이라서 부모님한테 사달라는 말도 못 하고 매일 그 그림물감을 마음속으로 생각하고 있었습니다. 그리고 며칠이 지났습니다.

　　언제였는지 정확한 날짜는 기억나지 않지만 아마 가을이었을 겁니다. 포도 열매가 무르익고 있었으니까요. 겨울이 오기 바로 전의 늦가을처럼, 하늘의 깊은 곳까지 들여다보일 듯 활짝 갠 맑은 날이었습니다. 우리는 선생님과 함께 도시락을 먹었습니다. 한창 도시락을 먹고 있었는데 이상하게 마음이 불안해지기 시작했습니다. 맑은 하늘과는 대조적으로 내 마음속은 점점 더 어두워졌습니다. 누군가 내 얼굴을 자세히 살펴봤다면 아마 새파랗게 질려있다고 말했을 겁니다. 나는 그때 짐의 그림 도구가 갖고 싶어서 견딜 수 없었습니다. 가슴이 아플 정도였습니다. 짐은 내가 무슨 생각을 하는지 알고 있었을지도 모릅니다. 살짝 그의 얼굴을 쳐다봤는데 그 아이는 아무렇지도 않게 재미있다는 듯 웃으면서 옆자리 친구와 떠들고 있었습니다. 하지만 그렇게 웃고 있는 모습이 마치 나에 대해서 너무 잘 알고 있는 것처럼 보였습니다.

"어디 두고 보자. 저 일본 아이가 내 그림물감을 훔쳐 갈 것 같은데."

그렇게 말하는 것 같았습니다. 나는 기분이 나빠졌습니다. 하지만 짐이 나를 의심하고 있다고 생각하면 할수록 그의 물감이 더 갖고 싶어졌습니다.

2

나는 얼굴은 귀여웠지만, 몸과 마음은 연약한 아이였습니다. 게다가 소심해서 하고 싶은 말도 제대로 못 하고 지나쳐 버리는 성격이었습니다. 그래서 남들한테 사랑받지도 못하고 친구도 없는 편입니다. 점심 식사가 끝나자 아이들은 운동장으로 나가 신나게 뛰놀기 시작했는데 그날은 이상하게 우울해서 교실에 혼자 남아 있었습니다. 바깥이 밝은 만큼 교실은 더 어두웠는데 그건 내 마음속 같았습니다. 그런데 나도 모르게 자꾸 짐의 책상 쪽으로 시선이 향했습니다. 여기저기 칼에 패인 낙서가 가득한 손때 묻은 책상의 뚜껑을 들어 올리면 책이랑 잡기장, 석판이 어지러이 섞여 있을 겁니다. 그리고 거기에 갈색 그림물감 상자가 놓여 있습니다. 그 상자 안에는 감색이랑 홍색의 물감이 있을 텐데……. 갑자기 얼굴이 벌개져서 눈을 돌려 버렸습니다. 하지만 어느새 눈은 다시 짐의 책상 쪽으로 향해 있었습니다. 가슴이 두근거리기 시작했고 그 증상은 더 심해져서 괴로울 정도였습니다. 가만히 그냥 앉아 있었는데도 도깨비한테 쫓기는 꿈을 꾸는 것처럼 초조해졌습니다.

수업시간을 알리는 종소리가 들리자 나도 모르게 가슴이 철렁해서 일어났습니다. 학생들이 큰 소리로 웃고 떠들면서 수돗가 쪽으로 손을 씻으러 가는 모습이 창가에서 보였습니다. 갑자기 머릿속이 얼음처럼 차갑고 기분이 이상했습니다. 비틀비틀 짐의 책상 쪽으로 걸어가 몽롱한 상태에서 그의 책상 뚜껑을 올렸습니다. 거기에는 내가 생각했던 대로 잡기장이랑 필통이 섞여 있었고 딱 한 번 본 적 있는 그림물감이 놓여 있었습니다. 왜 그랬는지 모르겠지만 나는 주위를 한번 둘러보고 아무도 없다는 사실을 확인하자 재빨리 물감 상자의 뚜껑을 열었습니다. 그리고 감색과 홍색 물감을 꺼내 주머니 안에 쑤셔 넣고는 아이들이 정렬하고 있는 곳으로 서둘러 뛰어갔습니다.

우리는 젊은 여자 선생님을 따라 교실로 들어가 각자

의 자리에 앉았습니다. 나는 짐이 어떤 얼굴을 하고 있을지 너무 궁금했지만, 도저히 그쪽을 돌아볼 용기가 나질 않았습니다. 그렇지만 내가 한 짓은 아무도 몰랐기 때문에 불안하면서도 안심이 되기도 했습니다. 내가 가장 좋아하는 담임 선생님의 말이 들리기는 했지만 무슨 말인지 전혀 알아들을 수 없었습니다. 선생님도 때때로 이상하다는 듯 나를 쳐다보셨습니다.

하지만 그날은 선생님의 눈을 바라보는 게 견디기 힘들었습니다. 그렇게 한 시간이 지났습니다. 아이들이 뭔가 귓속말을 하는 것 같았고, 그렇게 또 한 시간이 지났습니다.

수업이 끝나는 종이 울리자 겨우 안도의 숨을 내쉬었습니다. 하지만 선생님이 나간 후에 우리 반에서 가장 키가 크고 공부도 잘하는 아이가 내 팔꿈치 쪽을 잡아당겼습니다.

"야, 너 이쪽으로 좀 와봐."

숙제를 안 해왔을 때 선생님한테 혼나는 것처럼 가슴이 철렁했습니다. 하지만 나는 모르는 척하기로 했습니다. 아무렇지도 않은 듯한 얼굴로 운동장 구석까지 따라갔습니다.

"짐의 그림물감, 네가 가져갔지?"

그 아이는 그렇게 말하면서 손을 벌렸습니다. 그 말을 듣고 오히려 마음이 차분해졌습니다. 그리고 아무렇지도 않게 말했습니다.

"그게 무슨 말이야?"

그러자 짐이 서너 명의 친구들과 함께 내 옆으로 다가와서 떨리는 목소리로 말했습니다.

"내가 점심시간 전에 분명히 그림물감을 확인했거든. 그때는 다 있었단 말이야. 근데 점심시간이 끝나고 물감이 두 개나 없어졌어. 쉬는 시간에 교실에 있던 건 너뿐이잖아."

나는 들켰다고 생각했습니다. 갑자기 피가 머리로 차올라 얼굴이 새빨개졌습니다. 그때 한 아이가 갑자기 내 주머니에 손을 쑤셔 넣으려고 했습니다. 나는 저항했지만 여러 명을 도저히 감당할 수 없었습니다. 주머니 안에서 마블 구슬(지금은 유리구슬이라고 합니다만)과 납으로 된 멘코(딱지) 그리고 두 개의 그림물감이 나왔습니다.

'이것 봐.'

그렇게 말하는 듯한 표정으로 아이들은 내 얼굴을 노려봤습니다. 나는 갑자기 몸이 벌벌 떨리면서 눈앞이 새

카매졌습니다. 화창한 날씨에 다른 아이들은 모두 재미있게 놀고 있는데, 나만 시들어 버린 것처럼 풀이 죽었습니다.

'왜 내가 그런 짓을 했을까? 이젠 돌이킬 수도 없어. 어떡하지.'

이런 생각이 들자 겁쟁이였던 나는 너무 외롭고 슬퍼서 훌쩍거리기 시작했습니다.

"울어도 소용없어."

공부 잘하는 키 큰 아이가 경멸하는 듯한 목소리로 말했습니다. 난 거기서 꼼짝도 하지 않을 생각이었지만 여러 명이 달라붙어 나를 2층으로 끌고 가려고 했습니다. 나는 따라가지 않으려고 했지만 결국 힘에 밀려 계단을 올라갔습니다. 2층에는 내가 좋아하는 담임 선생님 방이 있었습니다.

짐이 선생님 방을 노크했습니다. 노크한다는 말은 들어가도 되냐고 문을 두드리는 행위입니다.

"들어오세요."

선생님의 다정한 목소리가 들렸습니다. 그때만큼 그 방에 들어가기 싫었던 적은 아마 없었을 겁니다.

뭔가를 적고 있던 선생님은 우리가 우르르 몰려오자

조금 놀란 기색이었습니다. 하지만 남자처럼 싹둑 자른 머리카락을 오른손으로 쓸어 올리며 여느 때처럼 다정한 모습으로 우리를 바라봤습니다. 조금 고개를 갸웃거리며 무슨 일이냐고 묻는 듯했습니다. 그러자 키가 큰 똑똑한 아이가 앞으로 나오더니 내가 짐의 그림물감을 훔쳤다고 자세하게 설명했습니다. 선생님의 표정이 조금 어두워지더니 아이들의 얼굴이랑 울상이 된 내 얼굴을 번갈아 쳐다보며 물었습니다.

"그게 정말이니?"

사실이었지만, 내가 나쁜 아이라는 걸 좋아하는 선생님한테 고백하는 건 정말 힘든 일이었습니다. 그래서 나는 대답 대신 울음을 터뜨렸습니다.

잠시 나를 바라보던 선생님은 이윽고 아이들을 향해 조용히 말했습니다.

"이제 너희들은 교실로 돌아가 있거라."

아이들은 뭔가 아쉽다는 표정을 지으며 우르르 아래층으로 내려가 버렸습니다.

선생님은 한동안 아무 말도 없었고 나를 쳐다보지도 않았습니다. 그저 자기 손톱만 내려다보고 있었습니다. 그리고 조용히 일어서더니 내게로 다가와 어깨를 감싸

안고 작은 목소리로 말했습니다.

"그림물감은 돌려줬니?"

나는 돌려줬다는 사실을 선생님한테 전하고 싶어 격하게 고개를 끄덕였습니다.

"네가 한 짓이 싫은 거지?"

선생님의 말에 나는 더 이상 눈물을 참을 수 없었습니다. 부들부들 떨면서 울지 않으려고 입술을 꽉 깨물었지만, 울음이 터지고 말았습니다. 눈물이 마구 흘러내렸습니다. 이렇게 선생님한테 안긴 채로 그냥 죽고 싶다는 생각만 들었습니다.

"이제 울면 안 돼. 잘못한 걸 알았으면 됐으니까 울지 마. 그리고 다음 수업에는 안 들어가도 되니까 이 방에 있으렴. 조용하게 여기 앉아 있어. 내가 교실에서 돌아올 때까지. 알았지?"

이렇게 말하며 긴 의자에 앉으라고 했습니다. 그때 마침 수업 시작종이 울리고 선생님은 책을 꺼내면서 나를 바라봤습니다. 그러고는 2층 창 높이까지 뻗어 오른 포도 가지에서 서양 포도 한 송이를 비틀어 따더니 훌쩍훌쩍 울고 있던 내 무릎 위에 살며시 올려놓고 조용히 나갔습니다.

3

왁자지껄 떠들던 아이들이 모두 교실로 들어가자 갑자기 조용해졌습니다. 나는 너무 외로웠고 슬펐습니다. 좋아하는 선생님을 괴롭혔다는 생각에 마음이 아팠습니다. 포도는 입에 대지도 않고 계속 울기만 했습니다.

그러다 누군가 내 어깨를 가볍게 흔들어 잠에서 깼습니다. 울다가 어느새 잠이 들었던 모양입니다. 조금 마르고 키가 큰 선생님은 웃으면서 나를 내려다보고 있었습니다. 단잠을 자서 그런지 기분이 좋아져 지금까지의 일을 잊어버리고 조금 부끄러운 듯 웃었습니다. 그리고 무릎 위에서 떨어질 것 같은 포도송이를 잡았습니다. 그러자 이내 슬픈 일이 다시 떠오르고 웃음도 쏙 들어가 버렸습니다.

"그렇게 슬픈 얼굴을 하지 않아도 돼. 다들 집에 돌아갔단다. 이제 너도 집에 가거라. 그리고 내일은 무슨 일이 있어도 학교에 꼭 나와야 한다. 네 얼굴이 안 보이면 선생님이 슬퍼질 거야. 알았지?"

선생님은 내 가방 안에 슬며시 포도송이를 넣어 주었습니다. 나는 여느 때처럼 해안길을 따라 터벅터벅 집으로 돌아왔습니다. 그리고 포도를 맛있게 먹었습니다.

하지만 다음 날 아침 나는 학교에 가고 싶지 않았습니다. 배가 아팠으면 좋겠다고, 두통이 생겼으면 좋겠다고 생각했지만, 그날따라 충치로 인한 통증조차 없었습니다. 하는 수 없이 억지로 집을 나왔습니다. 이런저런 생각을 하면서 걸었습니다. 아무리 생각해도 교문으로 들어갈 용기가 나질 않았습니다. 하지만 선생님과 어제 헤어지면서 한 약속이 떠오르자 선생님이 보고 싶어 견딜 수 없었습니다.

'내가 안 가면 선생님이 슬퍼하실 게 틀림없어.'

나는 그저 선생님의 다정한 눈을 마주하고 싶을 뿐이었습니다. 그 한 가지 사실 때문에 나는 학교 문을 통과했습니다.

'자, 이제 어떻게 하지.'

그런데 갑자기 기다렸다는 듯 짐이 뛰어오더니 내 손을 잡았습니다. 그리고 어제의 일 따위는 까맣게 잊어버렸는지 친절하게 내 손을 끌고 당황하는 나를 선생님 방으로 데리고 갔습니다. 왜 그러는 건지 알 수 없었습니다. 학교에 들어서면 아이들이 멀리서 오는 나를 보고,

"저기 봐. 도둑질한 거짓말쟁이 일본인 녀석이 왔어."

그런 험담을 할 줄 알았는데 반갑게 맞아주니 오히려

기분이 나쁠 정도였습니다.

우리의 발소리가 들렸는지 선생님은 짐이 노크도 하기 전에 문을 열어주었습니다.

"짐, 넌 정말 착한 아이구나. 내 말을 잘 이해했네. 짐은 이제 네가 사과하지 않아도 된다고 했어. 앞으로 사이좋게 지내렴. 둘이 악수해라."

선생님은 빙긋 웃으면서 우리를 마주보게 하였습니다. 너무 갑작스러워서 내가 머뭇거리자, 짐이 축 처진 내 손을 재빨리 잡았습니다. 정말 그때는 어떻게 해야 할지 몰라 그저 쑥스럽게 웃기만 했습니다. 짐도 기분 좋게 웃었습니다. 선생님은 빙긋 웃으면서 나에게 물었습니다.

"어제 포도는 맛있었니?"

나는 얼굴이 빨개지며 대답했습니다.

"네."

"그래? 그럼 또 줘야겠네."

선생님은 새하얀 린넨 옷을 입은 채 몸을 창밖으로 내밀고는 포도 한 송이를 땄습니다. 하얀 왼손 위에 하얀 가루가 묻은 보라색 열매를 닦아 올리고는 은색 가위로 포도송이를 톡 잘라 짐하고 나에게 똑같이 나눠주셨습니다. 하얀 손바닥 위에 있던 보라색 포도알. 아름다운 그때의 추억이 지금도 생생하게 떠오릅니다.

나는 전보다 조금 착한 아이가 되었고 부끄럼 잘 타는 모습도 조금 사라졌습니다.

내가 가장 좋아했던 그 선생님은 어디로 가셨을까요? 두 번 다시 만날 수 없다는 걸 알면서도 지금 선생님이 계신다면 얼마나 좋을까 생각합니다. 가을이 되면 포도송이는 보라색으로 물들고 하얀색 가루가 희미하게 생깁니다. 그걸 대리석 같이 하얀 손으로 집던 선생님은 지금 어디에 계신 걸까요?

제비와 왕자

　제비는 철새라서 항상 따뜻한 곳을 찾아 날아갑니다. 지금은 일본도 날씨가 따뜻하니까 밖을 내다보면 참새보다 조금 큰 새가 어지러울 정도로 활기차게 날아다니고 있을 겁니다. 제비는 보랏빛 감도는 검은색 날개에 배는 흰색이고 목 부근에는 붉은 목도리를 두르고 있고 아버지 연미복의 뒷모습 같은 꼬리를 지니고 있습니다. 이 이야기는 제비에 관한 이야기입니다.

　제비가 많이 사는 이집트의 나일강은 세상에서 가장

큰 강입니다. 나일강 주변은 날씨가 따뜻해서 살기 좋지만, 제비도 가끔은 지겨운 건지 무리를 지어 이동하곤 합니다. 어느 날 제비 무리 중 하나가 유럽의 라인강으로 날아왔습니다. 라인강은 매우 깨끗하고 서쪽 강가에 오래된 성곽과 포도밭이 있습니다. 때마침 여름이어서 강을 따라 시원한 푸른 갈대밭이 무성했습니다.

제비는 너무 즐거웠습니다. 마치 다 같이 술래잡기를 하듯 갈대밭 사이를 서로 엇갈리며 날아다니거나 갈대밭을 가로지르며 놀았습니다. 제비들은 갈대밭 물가에서 하루 종일 시간을 보냈습니다. 그중 한 제비가 무성한 갈대밭에서 부드러운 갈대 한 줄기와 아주 친하게 지냈습니다. 날개가 지치면 나긋나긋한 갈대의 줄기 끝에 앉아 기분 좋게 그네를 타거나 갈대와 이야기를 나누며 시간을 보냈습니다.

그러던 중 기나긴 여름이 끝나고 자수정처럼 빛을 발하는 포도알의 달콤한 향기가 바람을 타고 퍼지기 시작했습니다. 그러면 마을 처녀들은 다들 포도밭으로 나와 바구니에 포도를 땄습니다. 포도를 따면서 부르는 노래가 재미있는지 제비들도 따라 부르며 처녀들의 소매 밑단이라든지 두건 위에서 놀았습니다. 머잖아 포도 수확

이 끝나면 겨울나기 준비를 해야 합니다. 아침나절 강물 위로 짙은 안개가 끼는 쌀쌀한 계절이 되면 성급한 제비는 이제 남쪽으로 돌아갈 때라고 말합니다. 그러면 다른 제비들도 슬슬 남쪽을 향해 여행을 떠나기 시작합니다.

하지만 부드러운 갈대와 사이가 좋아진 제비는 돌아가려고 하지 않았습니다. 친구들이 가자고 충고해도 말을 듣지 않고 떼를 쓰다 결국 혼자만 남았습니다. 이제 제비에게는 예쁜 갈대 친구밖에 없었습니다. 어느 날 제비는 갈대와 이야기를 나누려고 이삭이 돋아난 갈대 줄기 끝에 앉았는데 가엾게도 말라가던 갈대가 뚝 부러져서 이삭 끝이 처지고 말았습니다. 놀란 제비는 위로하며 말했습니다.

"아, 내가 사고를 쳤네요. 아프셨죠?"

갈대는 슬픈 듯이 대답합니다.

"조금 아프긴 하죠."

제비는 갈대가 불쌍해서 위로의 말을 건넸습니다.

"걱정하지 마세요. 내가 겨울에도 함께 있을 게요."

그러자 갈대가 바람의 도움으로 고개를 흔들며 말했습니다.

"그건 안 돼요, 당신은 아직 서리라는 놈을 못 봤잖아요. 그놈은 무서운 흰머리 할아버지인데, 당신처럼 다정하고 예쁜 새는 아주 손쉽게 죽여 버린답니다. 빨리 따뜻한 나라로 돌아가세요. 그렇지 않으면 저는 슬퍼질 거예요. 저는 이대로 노랗게 시들어 버리겠지만, 내년에 당신이 올 때쯤이면 다시 젊어지고 더 예뻐져서 당신과 친구가 될 수 있을 거예요. 그런데 만약 당신이 올해 죽어버리면 혼자 남은 저는 외로울 겁니다."

갈대가 친절하게 말해줬기 때문에 제비는 남쪽을 향해 홀로 외로운 여행을 떠나게 되었습니다. 아쉬움이 남아 계속 뒤돌아보면서 날아갔습니다. 가을 하늘은 높고 맑았습니다. 서쪽에서 불어오는 차가운 바람이 살갗에 스며들기 시작했습니다. 하루는 처마 밑에서, 다음날은 나무 밑이 완전히 썩어 버린 물레방아 위에서 제비는 밤을 보냈습니다. 쉴 곳을 정하지 않고 남쪽으로 계속 날아갔지만 따뜻한 나라에는 쉽게 갈 수 없었습니다. 날씨가 점점 추워지자 제비는 갈대 친구가 한 말을 새삼 뼈저리게 느꼈습니다. 갈대와 헤어지고 며칠이 지났을까요? 어느 추운 날, 산을 넘고 들을 지나 한 유서 깊은 마을에 저녁이 되어서야 겨우 도착했습니다. 어디에서 하룻밤을 보낼지 생각하고 있었습니다. 적당한 곳을 찾지 못한 채 해가 지고 말았습니다. 하는 수 없이 석양빛을 받아 금빛으로 빛나는 키 큰 왕자 동상의 어깨 위에서 날개를 잠깐 쉬기로 마음먹었습니다.

왕자의 동상은 바닥에 돌을 깐 길 중앙에 서 있습니다. 황금 머리칼은 아름답게 어깨까지 드리워져 있었고, 왕자는 대검 칼자루에 왼손을 얹은 채 늠름한 모습으로 마을을 내려다보고 있었습니다. 굉장히 다정한 왕자였는데 젊은 나이에 병으로 세상을 떠나자 왕과 왕비가 몹시 슬퍼하며 청동 위에 금붙이 판금의 동상을 만들어 도시 중심가에 세운 것입니다.

제비는 젊고 늠름한 왕자의 어깨에 날개를 웅크리고 앉아 하룻밤을 보냈습니다. 다음날 온 마을을 감싸고 있던 안개가 걷히면서 화창한 아침 햇살이 동쪽에서 올라오고 있었습니다. 여행 떠날 준비를 하고 있는데, 어디선가 "제비야, 제비야." 하는 소리가 들려왔습니다. 제비는 이상하다고 생각하며 주변을 둘러봤지만 아무도 없었습니다. 그래서 다시 날개를 펼치려고 하는데 또다시 "제비야, 제비야." 하고 부르는 소리가 났습니다. 너무 이상해서 힐끗 동상을 봤더니 왕자가 다정한 미소를 짓고 있었습니다. 값진 오팔로 된 눈동자를 가진 왕자가 제비를 바라보고 있었습니다. 제비는 몸을 가까이 갖다 대며 물었습니다.

"당신이 나를 부르신 건가요?"

왕자는 고개를 끄덕이며 말했습니다.

"그래, 내가 불렀어. 실은 너한테 부탁이 있단다. 내 부탁 좀 들어주겠니?"

이렇게 지체 높은 사람하고 가까이서 말을 한 적이 없었기 때문에 제비는 무척 기뻤습니다.

"물론이죠. 뭐든지 좋으니까 걱정 말고 말씀하세요."

왕자는 잠시 생각하더니 이윽고 결심한 듯 서쪽을 가리키며 말했습니다.

"그럼 미안하지만, 부탁 하나만 할게. 저기 좀 볼래? 창문이 열려 있는 허름한 집이 하나 있지? 저 창문 안을 들여다보렴. 쉼 없이 바느질하고 있는 늙은 과부가 있을 거야. 의지할 데 없는 몸으로 매일 힘들게 삯일을 하고 있단다. 도와줄 사람이 아무도 없어서 이따금 끼니도 거르는 모습이 여기서도 보이거든. 그게 마음에 걸리는구나. 뭔가 도와주고 싶은데 난 움직일 수가 없단다. 부탁인데 내 몸에서 금붙이 하나 빼내서 아무도 모르게 저 창문으로 던져 넣어 주겠니?"

제비는 왕자님의 따뜻한 마음에 감동했습니다. 하지만 존경스러운 왕자님으로부터 금을 뜯어내는 일이 내키지 않아 조금 머뭇거렸습니다. 그런데 왕자님이 자꾸 재촉하는 바람에 하는 수 없이 가슴팍의 금을 떼어내 창문으로 던졌습니다. 과부는 정신없이 일하고 있어서 알아차리지 못했습니다. 이윽고 그녀가 식사 준비를 하려고 일어서다가, 반짝반짝 빛나는 금붙이를 발견했습니다. 그 기쁨을 어떻게 말로 표현하겠습니까? 하늘에서 내려주신 은혜를 감사히 받아들여 그날 밤 몸에 좋은 음식을 먹었습니다. 그뿐만 아니라 오랫동안 밀려있던 절의 시주도 할 수 있었습니다. 그녀는 눈물을 흘리며 기뻐했습니다. 제비도 좋은 일을 한 것 같은 뿌듯한 마음에 서둘러 왕자님의 어깨로 돌아와 오늘 있었던 일을 차근차근 말했습니다.

다음 날 아침, 제비는 오늘이야말로 그리운 나일강으로 돌아가려고 서둘러 깃털을 다듬고 날갯짓을 하고 있었습니다. 그때 왕자가 또 제비를 불렀습니다. 어제 가난한 사람을 도운 제비는 왕자님이 굉장히 좋은 분이라고 생각하고 있었습니다. 그래서 왕자의 말에 귀를 기울였습니다. 그러자 왕자가 말했습니다.

"저기 동쪽 막다른 골목에 흰 말이 수레를 끌고 가는
게 보이지? 거기에 거지 아이 둘이 있는데 아마 추위에
벌벌 떨고 있을 거야. 두 아이는 원래 우리 집에서 일하
던 하인의 아이들이었단다. 아버지도 어머니도 아주 좋
은 분이었지. 그런데 중상모략을 당해 녹봉도 받지 못한
채 쫓겨났어. 몇 년 동안 병치레만 하다가 결국 둘 다 세
상을 떠났고 저렇게 아이들만 남게 되었지. 지금 저 아
이들을 돌봐주는 사람은 아무도 없단다. 여기 있는 금붙
이를 떼어 두 아이에게 가져다주면 좋겠어. 아이들은 그
걸 대궐로 가져갈 거야. 그러면 예전처럼 그곳에서 하인
으로 일할 수 있다는구나. 미안하지만 내 몸에서 되도록
큰 금붙이를 떼어내어 아이들한테 갖다 주지 않겠니?"

　제비는 거지 남매가 불쌍해서 견딜 수 없었습니다. 그
래서 자신의 처지도 잊어버리고 왕자의 어깨 쪽에서 큰
금붙이를 떼어내 힘겹게 물고 날아갔습니다. 남매는 당
장 먹을 것도 구하지 못하는 딱한 상황이었습니다. 제비
는 활기차게 그 주위를 날다가, 이윽고 두 아이 앞에 금
붙이를 떨어뜨렸습니다. 남매는 깜짝 놀라 그것을 주워
들고 한참을 바라봤습니다. 오빠는 뭔가 생각난 듯 이것
만 있으면 대궐로 다시 들어갈 수 있다고 기뻐했습니다.

오빠와 누이동생이 손을 잡고 궁전 쪽으로 달려가는 모습을 제비는 지켜봤습니다. 제비는 좋은 일을 했다고 생각했습니다. 그리고 왕자의 어깨로 다시 날아와서 자초지종을 이야기하자 왕자도 크게 기뻐하며 착한 제비라고 칭찬했습니다.

다음날도 왕자는 여행길을 떠나려는 제비를 붙잡았습니다.

"오늘은 네가 북쪽으로 갔으면 좋겠다. 저기 까마귀 바람개비가 보이는 지붕 높은 집에 화가가 살고 있단다. 화가는 굉장히 재능이 있는 사람인데 눈이 점점 나빠지고 있어. 빨리 치료하지 않으면 눈이 안 보여서 결국은 그림을 그릴 수 없게 된단다. 이 금붙이를 줘서 병원에 갈 수 있게 해 주고 싶구나. 네가 오늘도 고생 좀 해 주겠니?"

그래서 제비는 또 자기 일은 제쳐두고 왕자의 등 쪽에서 금붙이를 떼어내 그 집으로 날아갔습니다. 화가의 집 안에는 불씨 하나 없었고 너무 추워서 창문을 닫아 놓은 상태라 금을 던질 방법이 없었습니다. 하는 수 없이 바람개비 까마귀한테 물어봤더니, 화가가 제비를 굉장히 좋아한다는 겁니다. 제비만 보면 모든 걸 잊어버릴 거라며 그의 눈에 띄도록 창문 주위를 날아다니라고 알려 주었습니다. 제비는 가능한 한 부드럽게 날갯짓하며 창문 앞을 이리저리 날아다녔습니다. 그러자 화가가 웃으면서 얼굴을 내밀었습니다.

"이렇게 추운데 아직 제비가 날아다니네."

화가는 창문을 열고 고개를 내밀어 제비가 날아다니는 걸 넋을 잃고 바라봤습니다. 제비는 이 틈을 타서 가져온 금을 집안으로 던졌습니다. 화가의 기쁨을 어떻게 다 표현할 수 있을까요? 이건 분명 하늘의 도움이라고 여긴 그는 눈을 치료하여 훌륭한 작품을 그려 보겠다고 용기를 내어 의사에게 달려갔습니다.

왕자도 제비도 그 모습을 멀리서 바라보며 오늘도 좋은 일을 했다는 뿌듯한 마음에 기분 좋게 잠자리에 들었습니다.

날씨가 점점 더 추워져서 청동과 쇠로 된 왕자의 어깨 위에서 제비는 견디기 힘들었습니다. 그러나 왕자는 다음 날도 또 그다음 날도 오랫동안 지켜보던 가난하고 정직한 사람들, 고통 받는 사람들에게 자신의 몸에서 금을 빼내서 보냈습니다. 그래서 제비는 좀처럼 남쪽으로 돌아갈 여유가 생기지 않았습니다. 아직 가을이라 낮에는 따사롭고 황금빛이 붉은 껍질과 노란 나뭇잎을 비추었습니다. 제비는 왕자가 시키는 대로 이리저리 날아다니며 심부름했습니다. 그러는 사이 왕자의 몸에서는 금이 점점 사라졌고 눈부시게 아름다웠던 모습은 안타깝게도 더 이상 찾아볼 수 없게 되었습니다. 어느 날 저녁, 왕자는 제비에게 조용히 말했습니다.

"제비야, 넌 정말 친절하구나. 이렇게 추운데도 도와줘서 고맙다. 하지만 이젠 더 이상 사람들한테 나눠줄 게 없구나. 너도 나와 함께 있는 게 힘들지? 이제 남쪽으로 돌아가거라. 날씨도 추워졌고 아름다운 나일강의 여름이 너를 기다리고 있을 테니. 곧 겨울이 되는데 그러면 이곳은 굉장히 쓸쓸해질 거란다. 세상에 너처럼 착하고 예쁜 새는 아마 없을 거야. 너와 헤어지는 게 정말 슬프구나."

제비는 아무 말도 할 수 없었습니다. 차라리 왕자의 어깨 위에서 얼어 죽을까 하는 생각까지 하면서 대답도 못 하고 있었습니다. 그런데 왕자의 동상 아래에서 속삭이는 소리가 들렸습니다. 거기엔 젊은 무사와 아름다운 아가씨가 앉아 있었습니다. 두 사람은 누군가 자신들의 이야기를 듣고 있을 줄은 꿈에도 모르고 서로에게 마음을 털어놓았습니다. 이윽고 무사가 말했습니다.

"빨리 결혼하고 싶지만 우리 집안의 가보가 없어서 결혼할 수 없습니다. 그게 너무 아쉽군요. 우리 집안은 대대로 전해 오는 명옥으로 만든 결혼반지가 있어야 결혼할 수 있습니다. 그런데 안타깝게도 누군가 그걸 훔쳐 가 버렸지요."

아가씨는 물론 무사의 아내가 되고 싶었습니다. 그는 젊고 용기 있는 사람이었습니다. 무척 강한 사람으로 전투에서도 용맹스럽게 싸웠습니다. 그녀는 탄식하며 눈물을 뚝뚝 흘리기만 할 뿐 아무 말도 못했습니다. 두 사람은 손을 맞잡고 울고 있었습니다.

세상에는 참 안타까운 사연이 많다고 제비는 생각했습니다. 그리고 왕자를 힐끗 쳐다봤는데 왕자의 눈에서 눈물이 뚝뚝 떨어지는 것이었습니다. 깜짝 놀란 제비는 왕자한테 바싹 다가가서 물어봤습니다.

"무슨 일이세요?"

그러자 왕자가 말했습니다.

"아, 너무 불쌍해서 그래. 젊은 무사가 말하는 명옥이라는 게 지금 내 눈이 되어 버렸거든. 오팔로 된 이 눈 말이야. 아버지가 내 동상을 만들 때 눈동자로 쓸 만한 보석을 찾을 수 없어서 속을 썩고 있었단다. 그때 못된 신하가 아부하면서 자기가 그걸 구해오겠다고 했어. 그러곤 저 젊은 무사의 아버지를 찾아가 이런저런 이야기를 하다가 슬그머니 그 소중한 보석을 훔친 거야. 나는 이제 눈이 멀어도 상관없으니까 제발 내 눈을 빼서 저 두 사람에게 전해줬으면 좋겠구나."

왕자는 여전히 눈물을 흘렸습니다. 요즘 세상에 눈이 보이지 않는 사람만큼 불쌍한 이가 또 있을까요? 매일 화사하게 비추는 햇빛도, 밤하늘에 아름답게 빛나는 달빛도, 푸른 녹음과 붉은 단풍도, 물빛과 하늘의 빛깔도 아무것도 볼 수 없게 됩니다. 눈을 감은 채로 단 하루라도 살 수 있을까요? 안 될 거예요. 그런데 일 년 내내, 아니 죽을 때까지 그러고 살아야 한다는 건 정말 괴로운 일입니다.

왕자는 자신이 가진 모든 걸 불쌍한 사람에게 베풀었을 뿐만 아니라 가장 소중한 눈까지 주려고 하는 겁니다. 제비는 정말이지 뭐라 대답해야 할지 몰라 훌쩍훌쩍 울기 시작했습니다.

왕자는 이윽고 눈물을 거두고 말했습니다.

"아, 난 너무 나약해. 눈물을 흘리고 자신의 몸을 아끼면서 베푼다면 그게 무슨 소용이야? 진심으로 기뻐하며 베풀어야 하나님의 뜻에도 맞는 거겠지. 예전에 그리스도라는 분은 인간을 위해 십자가 위에서 자신의 몸을 내주고도 기뻐하셨단다. 난 이제 울지 않을 거란다. 어서 내 눈을 빼내서 저 젊은 무사에게 주거라. 자, 빨리."

왕자가 재촉하는데도 제비는 마음을 정하지 못하고 머뭇거렸습니다. 그러는 사이 젊은 무사와 아가씨는 슬픈 듯 고개를 떨구고 터벅터벅 성 쪽으로 걸어갔습니다. 둥지로 돌아오는 새들의 모습이 노을 지는 하늘 저편에서 보이기 시작했습니다. 왕자는 그걸 보면서 빨리 눈을 빼내라고 다그쳤습니다. 이제 제비는 어쩔 수 없었습니다.

"그럼 할 수 없군요. 실례하겠습니다."

체념하듯 왕자의 눈에서 눈동자를 빼 버리고 말았습니다. 늦으면 안 되기 때문에 눈동자 두 개를 부리에 물자마자 힘껏 날갯짓하며 두 사람의 뒤를 따라갔습니다. 왕자는 전처럼 마을을 내려다보면서 서 있었지만 이젠 아무것도 보이지 않았습니다.

제비는 500여 미터를 날아가서 두 사람 앞에 오팔을 떨어뜨렸습니다. 그러자 아가씨가 먼저 발견하고 집어 들었습니다. 젊은 무사는 놀라서 그걸 한동안 말없이 바라봤습니다.

"이거야, 이거. 바로 이 보석이야. 아아, 이제 결혼할 수 있겠어. 결혼해서 남들보다 더 충성을 다할 수 있을 거야. 이건 하나님의 은혜야. 감사하고 황공합니다. 보물을 다시 찾았으니 내일이라도 당장 혼례를 올립시다."

기쁨이 복받쳐 두 사람은 하나님께 감사의 인사를 올렸습니다.

이를 지켜본 제비는 그 어떤 좋은 것을 받았을 때보다도 기뻤습니다. 가벼운 마음으로 날갯짓하며 왕자 곁으로 돌아와 어깨 위에 살며시 앉아 숨도 쉬지 않으며 말했습니다.

"보세요, 왕자님. 저 두 사람이 기뻐하는 걸 말이에요. 어떠세요? 저들이 춤만 추지 않았지 너무 행복해하고 있어요. 잘 보세요, 울고 있는지 웃고 있는지도 모르겠어요. 젊은 무사가 보석을 감사한 마음으로 받았어요."

왕자는 고개를 돌린 채 말했습니다.

"제비야, 나는 이제 앞이 보이지 않는단다."

다음날 두 사람은 혼례를 치르게 되었고 마을 사람들은 용감한 젊은 무사와 상냥하고 아름다운 아가씨를 축하하러 아침부터 거리를 가득 메웠습니다. 모든 게 화려하게 빛났습니다. 집집마다 창가에 화환이 놓여 있었고 바람에 나부끼는 국기와 리본, 밝은 음악 소리로 온 동네가 들썩였습니다. 제비는 왕자의 어깨에 앉아 지금 마차가 왔다, 어린아이가 만세를 부르고 있다, 아름다운 옷을 입은 도련님이 보인다, 키 큰 무사가 걸어온다, 시인이 축하의 시를 소리 높여 읽고 있다, 아가씨들이 춤을 추며 나타났다 등등 마을에서 일어난 모든 일을 하나하나 생생하게 왕자에게 전했습니다. 왕자는 고개를 숙이고 잠자코 듣고 있었습니다. 이윽고 신랑과 신부가 말을 타고 나타나 성대한 결혼식을 올렸습니다. 늠름한 신랑과 아름다운 신부의 모습을 제비가 제아무리 빠르게 설명해도 다 전할 수 없었습니다.

날씨가 좋은 가을이었지만 해가 지면 갑자기 추워지기 마련입니다. 떠들썩했던 혼례가 끝나자 마을은 다시 조용해지고 밤이 점점 깊어져 갔습니다. 제비는 두리번거리며 날개를 여러 번 움직이고 움츠려 봤지만, 추위를 참을 수 없었습니다. 너무 추워 잠이 오지 않았습니다. 뜬눈으로 동쪽 하늘이 뿌옇게 보라색으로 물드는 광경을 지켜봤습니다. 지붕 위에는 온통 하얗게 반짝거리는 게 깔려 있었습니다.

제비는 하얗게 반짝거리는 게 뭔지 몰라 왕자에게 물었는데 그는 몹시 놀라며 진지하게 대답했습니다.

"그건 서리라고 하는 거야."

서리라는 말을 듣고 제비는 갈대가 했던 말이 생각나서 깜짝 놀랐습니다.

"겨울이 왔다는 증거란다. 내 생각만 하느라 너를 배려하지 않았구나. 정말 미안하다. 그동안 너한테 신세를 많이 졌구나. 이제 난 이 세상에서 별 볼일이 없는 몸이 되었단다. 그러니 너도 나일강으로 하루빨리 돌아가거라. 이러다가 진짜 겨울이 오면 네 목숨이 위험해질 수도 있으니까."

제비는 이제 와서 왕자를 뿌리치고 혼자만 떠날 수는 없다고 생각했습니다. 얼어 죽더라도 한 발짝도 움직이지 않겠다고 말했습니다.

"그런 식으로 말하면 안 된단다. 네가 올해 죽으면 너와 만날 수 있는 건 올해가 마지막이 되는 거야. 오늘 나일강으로 돌아가면 내년에 다시 올 수 있잖니. 그러면 내년에 여기서 다시 만날 수 있을 거란다."

제비는 그 말도 맞다고 생각했습니다.

"그렇다면 왕자님 내년에 제가 다시 찾아올 테니 그때까지 잘 지내셔야 해요. 눈이 보이지 않아서 불편하겠지만, 내년에는 제가 많은 이야기를 가지고 돌아올게요."

제비는 맑은 아침 하늘을 바라보며 서둘러 남쪽으로 날아갔습니다. 부지런하고 마음씨 착한 제비가 따뜻한 남쪽으로 날아가는 모습을 왕자는 볼 수 없었습니다. 애처롭게 고개를 숙인 채 차가운 바람 속에 홀로 서 있었습니다. 그런데 얼마 지나지 않아 날씨는 더욱 추워지고 눈이 내려서 아이들이 눈사람을 만들었습니다. 이제 크리스마스도 얼마 남지 않았습니다. 욕심쟁이도 구두쇠도 늙은이도 환자들도 이때만큼은 순수한 어린아이가 됩니다. 삐딱하게 기울이던 목도 곧게 펴고 푹 숙였던 고개도 들면서 사람들은 하늘을 쳐다보곤 합니다. 거리를 돌아다니는 사람들은 오랫동안 잊고 있던 황금 왕자가 궁금해서 고개를 들고 바라봤습니다. 아름답고 밝게 빛나던 왕자의 동상은 마치 나병에 걸린 환자처럼 어두웠고 눈동자조차 사라져 버렸습니다.

"뭐야, 저 꼴사나운 건? 도시 한복판에 저런 걸 놔둘 순 없잖아."

어떤 사람이 말했습니다.

"그러네, 크리스마스가 되기 전에 부숴버리자."

또 한 사람이 화를 냈습니다.

"살아 있을 때 저 왕자는 분명히 나쁜 짓을 많이 했을 거야. 그러니 죽어서도 저런 흉측한 모습이 된 거겠지."

다른 사람이 그렇게 외쳤습니다.

"깨부숴!"

"박살을 내버려."

여기저기서 그런 소리가 들려왔습니다. 어떤 사람이 돌을 던지자 다른 사람들도 기왓돌을 던졌습니다. 마침내 한 무리의 젊은이들이 밧줄과 사다리를 가지고 와서 왕자의 목에 밧줄을 걸고 영차 하며 끌어당겼습니다. 견고한 왕자의 동상이 비참하게 쓰러지고 말았습니다. 정말 불쌍한 최후였습니다.

그렇게 왕자의 몸은 한 달 정도 땅 위에 그대로 쓰러진 채 방치되었습니다. 사람들은 동상을 녹여 종을 만들어 절 2층에 놓아두었습니다.

다음 해 제비가 멀리 나일강에서 날아와 왕자를 찾아다녔지만 그림자조차 볼 수 없었습니다.

봄, 여름, 가을, 겨울 해가 지고 일이 끝날 무렵, 집집마다 불이 켜지고 연기가 피어오를 때면 누구나 은은한 종소리를 들을 수 있습니다. 사람들이 쉴 수 있는 그 시간, 절의 높은 탑 위에서 맑고 상쾌한 종소리가 울려 퍼집니다. 도깨비든 악마든 그 시간만은 이 도시에 머물지 못한다고 합니다.

유메노 규사쿠

버섯들의 회의
개의 지혜

서홍 옮김

유메노 규사쿠(夢野久作 1889~1936)

후쿠오카 출신으로 본명은 스기야먀 나오키이다. 소설가, 육군 소위, 선승, 신문기자, 우체국장 등 다양한 경력을 갖고 있다. 그의 부친이 아들의 작품을 읽고 "유메노 규사쿠(하카타 지역의 옛 방언으로 꿈꾸는 사람, 별난 사람이라는 의미)가 쓴 소설 같다."고 말한 것을 그대로 필명으로 사용했다고 한다. 시골 풍토가 느껴지는 호러 및 괴기 환상적 색채가 강한 작풍으로 유명하며, 대표작 「도그라 마그라」는 '3대 기서' 중 하나로 일컬어진다. 「백발 소승」속 신화, 「엽기가」 등을 통해 시와 단가에 대한 높은 소양을 보여주었고 그림에도 능해 《규슈일보》에 동화와 만화를 투고하기도 했다. 잡지 《신청년》 공모전에서 「불가사의한 북」이 2등으로 입선한 것을 계기로 문단에 등단하였다. 《신청년》, 《프로필》 등의 잡지에 본격적으로 투고하기 시작하면서 동화는 더 이상 발표하지 않게 되었다.

버섯들의 회의

나팔버섯, 송이버섯, 표고버섯, 목이버섯, 붉은점박이 광대버섯, 흰버섯, 검은비늘버섯, 느타리버섯, 능이버섯, 싸리버섯, 어린 송로버섯, 늙은 송로버섯 등 온갖 버섯이 모여서 좌담회를 시작했습니다. 가장 먼저 나팔버섯이 일어나서 인사를 했습니다.

"여러분, 날씨가 점점 추워지고 있으니 이제 슬슬 땅속으로 들어갈 때가 된 것 같습니다. 오늘 밤은 송별회니까 뭐든지 맘 놓고 말씀해 주세요. 여러분의 의견을 잘 정리해서 신문에 싣겠습니다."

모두가 짝짝짝 박수를 쳤습니다. 이어서 표고버섯이 일어섰습니다.

"안녕하세요. 전 표고라고 합니다. 우리는 요즘 인간들에게 아주 귀한 대접을 받고 있습니다. 나무를 일부러 썩혀서 우리가 지낼 수 있는 밭을 만들어 주거든요. 덕분에 크고 튼튼한 우리 자손들이 점점 더 많아지고 있습니다. 앞으로 인간들이 모든 버섯을 위해 밭을 만들어 주면 좋을 것 같습니다."

다들 대찬성이라며 박수를 쳤습니다. 이어서 송이가 "에헴." 큰기침을 하며 연설을 시작했습니다.

"여러분, 우리의 첫 번째 임무는 갓을 넓게 펼쳐서 종자를 퍼트려 자손을 번식하는 일입니다. 그리고 다음은 인간의 음식이 되는 거죠. 그런데 인간은 무슨 이유인지 갓이 안 펴진 걸 좋아해서 우리의 갓이 피기도 전에 따가잖아요. 그래놓고 우리한테는 표고버섯 선생들에게 만들어 준 밭 같은 것도 안 만들어 준다니까요. 이렇게 계속 가다 보면 우리는 종자를 퍼트릴 수가 없게 되고, 결국 자손이 끊길지도 모릅니다. 그들은 이런 이치를 왜 모르는 건지 참으로 안타까울 뿐입니다."

송이가 눈물을 흘리며 말을 이어갔습니다.

그러자 저마다 입을 모아 "맞아, 맞아." 하고 맞장구를 쳤습니다.

그런데 이때 뒤에서 히죽히죽 웃는 자들이 있었습니다. 돌아보니 그건 파리잡이무리버섯, 무당버섯, 말똥버섯 아재비, 주머니버섯 같은 독버섯들이었습니다.

독버섯 중에서 가장 큰 파리잡이무리버섯이 벌떡 일어서더니 큰 소리로 떠들었습니다.

"이런 바보들 같으니라고. 너희들은 인간들이 먹을 수 있으니까 그렇게 따 가는 거야. 쓸모가 없으면 그런 꼴을 당할 일도 없다고. 그저 우리끼리만 잘 살면 그걸로 된 거 아냐? 우리를 보라고. 아무 쓸모도 없는 데다 독도 있거든. 파리든 뭐든 싹 다 죽여 버린다니까. 위대한 버섯은 인간까지 죽일 수 있지. 그러니까 우린 이렇게 번창할 수 있는 거야. 너희들도 인간에게 독이 될 수 있도록 공부 좀 하지 그래."

이 얘기를 듣고 버섯들은 모두 그 논리가 그럴듯하다고 생각했습니다.

'맞아. 독만 있으면 무서울 게 없을 텐데'라고 생각하는 버섯까지 있었습니다.

그러는 사이에 어느새 날이 밝았습니다. 사람들이 버섯을 따러 온 모양입니다. 그래서 다들 정말 독버섯이 말하는 대로 독이 있는 게 좋을지 시험해 보기로 하고 헤어졌습니다.

아빠, 엄마, 누나, 남동생 이렇게 한 가족이 버섯을 따러 왔습니다. 버섯을 보더니 다들 신이 나서 떠듭니다.

"이제 버섯이 없을 줄 알았는데, 아직도 이렇게 많이 있네."

"저런, 그렇게 마구 따면 안 돼. 상하지 않도록 조심해서 따야지."

"작은 버섯은 남겨 두자. 가엾으니까."

"어머, 저기도 있다. 여기도"

그때 갑자기 아버지가 놀라며 아이들에게 주의를 주었습니다.

"다들 조심해라. 여기 독버섯이 엄청 많이 있으니까. 잘 기억해 둬. 이것들은 다 독버섯이야. 따 먹으면 큰일 나. 죽는다고."

버섯들은 정말 독버섯이 대단하다고 생각했습니다. 독버섯도 "봤지?"라며 잘난 척을 했습니다.

버섯을 다 딴 아버지가 그만 가자고 했습니다. 그러자

누나랑 동생이 멈춰 서서 말합니다.

"뭐야, 독버섯은 하나같이 기분 나쁘게 생겼잖아."

"좋아, 내가 모두 무찔러 주지."

남동생은 큰 거 작은 거 할 것 없이 눈에 보이는 독버섯은 모두 뿌리까지 다 밟아 짓이겨 버렸습니다.

개의 지혜

12월 31일 한밤중. 새해가 되기 직전에 개와 돼지가 차가운 바람이 부는 어떤 도시의 사거리에서 딱 마주쳤습니다.

"아이구, 형님, 지금 가시는 거예요?"

"오, 돼지 군. 벌써 오는 건가?"

둘은 악수를 했습니다.

"새해가 되면 바로 헤어져야 하지만, 아직 시간이 조금 있으니 어디 가서 밥이라도 먹을까?"

"네, 그렇게 하죠."

둘은 근처 식당으로 갔습니다.

"그런데 형님, 가지고 계신 그 큰 짐은 뭔가요?"

돼지가 작은 눈을 굴리면서 물었습니다.

"이건 개의 해에 태어난 아이들이 한 일을 모은 거야. 착한 일도 있고 못된 일도 있지."

"그래요? 착한 일, 못된 일이란 건 어떤 걸 말하는 거죠?"

"뭐 여러 가지야. 다른 사람의 신발을 감추거나, 주워 먹거나, 훔쳐 먹거나, 담을 부수고 들어가거나, 고양이를 괴롭히거나, 엄마나 누나한테 대들거나 하는 것들."

"아, 그런 짓을 하는군요."

"그렇다니까. 아, 물론 착한 일도 하지. 주운 물건의 주인을 찾아 주거나 어린아이를 돌봐 주거나 누군가를 도와주거나 하는 것들 말이야."

"이야, 그건 훌륭한 일이네요. 그런데 그런 걸 모아서 뭘 하시게요?"

"12년이 지나면 우리 개가 다시 돌아오잖아. 그때 개띠 아이는 스물다섯 살이 되어 있겠지. 남자아이는 군대에 갔다 오고, 여자아이라면 결혼할 나이일 테니 그때

착한 일을 한 아이에게는 상을 주고, 나쁜 짓을 한 아이에게는 무언가 벌을 주려고 생각하고 있어."

"아...... 그렇군요."

돼지는 개의 말을 듣고 팔짱을 끼면서 생각했습니다.

"이봐, 자네는 무슨 생각을 그렇게 해?"

"음...... 형님 얘기를 듣고 보니 그럴듯하기는 한데 그다지 감탄할만한 일도 아닌 것 같아서요."

"왜? 어째서 그렇지?"

개는 눈을 부라리며 물었습니다.

"그야 올해까지는 아직 어리니까 장난을 치는 거 아니겠어요? 그런데 스물 너댓 살이 되면 세상의 이치를 깨닫게 될 테니 더는 그런 장난은 안 칠 걸요. 이미 착한 사람이 되었을 텐데 그때 벌을 주는 건 좀 가엾지 않나 하는 생각이 들어서요."

그 말을 듣고 개도 다시 생각했습니다.

"듣고 보니 그렇군. 돼지라서 그저 먹기만 하는 줄 알았더니 제법 지혜롭군. 그렇다면 이렇게 하면 어떨까? 장난을 치던 아이가 만약 스물다섯 살이 돼서도 나쁜 짓을 그만두지 않았다면 벌을 주고, 또 착한 아이가 나쁜 짓을 하게 되었다면 상은 안 주는 걸로 하는 거지."

"그럼 나도 내년에는 공부를 좀 해서 먹기만 하며 나쁜 짓을 하는 아이와 착한 일을 하는 아이들을 부지런히 찾아야겠어요. 그래서 돼지띠 아이 중에서 어떤 아이가 착해지고 또 못돼지는지 살펴봐야겠네요."

둘은 손뼉을 치며 말했습니다.

"그게 좋겠군. 그래, 그렇게 하는 게 좋겠어."

마침 12시를 알리는 종이 울렸습니다.

"종이 울리네. 이제 슬슬 가야겠군. 그럼 이만 나갈까."

밖으로 나온 개와 돼지는 각각 발길을 옮겼습니다. 그리고 모자를 흔들면서 외쳤습니다.

"개띠 아이 만세!"

"돼지띠 아이 만세!"

역자 후기

    <일본문학 컬렉션>의 다섯 번째 작품집 『오래된 서랍 속의 꿈』에는 서정적이고 교훈적이며 또 환상적인 이야기를 담았다. 다자이 오사무, 아쿠타가와 류노스케, 나카지마 아쓰시, 유메노 규사쿠, 미야자와 겐지, 아리시마 다케오, 오가와 미메이, 니이미 난키치 등 일본의 근대문학을 이끌었던 작가들의 단편 모음집이다. 동심을 느낄 수 있는 서정적이고 동화 같은 소설이나 교과서에 실린 교훈적인 이야기 그리고 한 번쯤 꿈을 꿔보는 머나먼 이국적인 세계를 그린 이야기가 주를 이룬다.

    일본 교과서에도 자주 등장하는 작가가 아쿠타가와 류노스케와 다자이 오사무 그리고 나카지마 아쓰시다. 아쿠타가와 류노스케는 「광차」를 통해 동경하는 세계와 현실의 틈에서 흔들리는 소년의 모습을 역동적으로 그

렸다. 그리고 교과서에 실린 「코」는 방관자의 이기주의라는 주제로 읽히기도 하지만 조금 색다르게 접근해 볼 수도 있다. 코라는 신체적인 콤플렉스를 유머러스하게 그렸는데, 코를 성적인 은유로서 표현했다는 이야기도 있기 때문이다. 아쿠타가와가 원래 성욕이 왕성한 사람이어서 이런 글이 나왔다는 재미있는 설도 있다.

다자이 오사무의 「달려라 메로스」도 교과서에 실린 작품인데, 정의감과 뜨거운 우정 그리고 자신과의 싸움이라는 주제로 읽어도 충분히 공감할 수 있을 것이다. 하지만 다자이 오사무라는 작가에 대해 조금 알고 나면 「달려라 메로스」도 새롭게 읽을 수 있다. 인간의 약하고 어두운 면을 드러내는 작품을 써 온 다자이가 과연 정의와 우정이라는 주제로만 글을 썼을까 하는 의문이 드는

데, 연구자들은 올바른 것에 대한 동경 혹은 정의감을 내세우는 인간에 대한 굴절된 감정이라고 말하기도 한다. 올바른 것, 곧은 것에 대한 복잡한 감정을 다자이는 말하고 싶었던 것 같다. 실제로 다자이는 이와 비슷한 경험을 한 적이 있었는데 돈을 가져오겠다며 친구만 인질로 남겨 놓고는 결국 다시 돌아오지 않았다고 한다. 그게 사실인지는 잘 모르겠지만 다자이 오사무라면 그렇게 행동할 수도 있을 것 같다는 생각이 든다.

　나카지마 아쓰시의 대표적인 소설 「산월기」는 중국의 소설 『인호전(人虎伝)』에서 모티브를 가지고 왔다. 한문 특유의 리듬을 일본어로 살려 세련되고 격조 높은 문장을 완성했다. 나카지마는 인간의 내면에 맹수가 있다고 말하면서 그 내면의 괴물에 잡아먹힌 삶에 대한 후회와 회한을 그렸다. 인간을 꿰뚫어보는 통찰력이 뛰어난 작품이다. 「호빙(狐憑)」, 「미라」, 「문자 재앙」은 고대 스키티아족, 페르시아, 아시리아 등을 배경으로 하는 작품이다. 나카지마 아쓰시는 바빌로니아, 아시리아, 히타이트 등 고대 역사 서적을 탐독하면서 자신만의 상상의 세계를 펼쳐가며 작품을 완성했다. 「문자 재앙」은 온갖 문자의 홍수 속에서 살고 있는 지금 이 시대에 충분히 공감가는 이야기다. 1942년 33세의 나이에 요절한 나카지마는 '존재에 대한 회의', '인간이란 무엇인가?' 하는 문제로 끊임없이 고뇌하면서 작품 활동을 했다.

미야자와 겐지의 「주문이 많은 요리점」도 가볍게 읽을 수 있는 동화 같지만 사실 내용은 살벌하다. 우스꽝스러운 모습을 전지적인 시점에서 바라보는 것도 흥미

로울 것이다.

반전 평화의 메시지를 소설에 주로 담아 글을 쓰는 니이미 난키치는 「여우 곤 이야기」를 통해 주인공 여우 곤의 성장 과정을 그리고 있다. 그리고 상대의 공감 없이 그저 보답만 하려는 모습이 결국 비극적인 결말을 가져온다고 말하고 있다. 작가는 이 작품을 쓸 당시 소학교 대용교원으로 일하고 있었다. 그가 아이들에게 말하고 싶었던 건 공감의 중요성이 아니었을까 싶다.

아리시마 다케오는 자살하기 1년 전 창작동화집을 냈다. 거기에 실린 동화 중 어린 시절 자신의 체험을 그린 「포도 한 송이」와 아픈 조카를 위해 오스카 와일드의 「행복한 왕자」를 번안해서 쓴 「제비와 왕자」를 이번 작품집에 수록했다. 그리고 다양한 시선으로 세상을 바라보는 유메노 규사쿠와 오가와 미메이의 작품들도 재미있게 감상할 수 있을 것이다.

이번 작품집은 인간의 내면을 환상적인 상상의 세계 속에서 펼쳐가는 이야기, 주변의 작고 소소한 것들을 유머로 풀어내면서 교훈을 주는 이야기 그리고 마음이 따뜻해지는 서정적인 이야기로 구성되어 있다.

사람마다 차이가 있겠지만 독서를 하는 가장 큰 이유는 책을 통해 즐거움을 느끼기 위해서이다. 우리는 독서를 하면서 옛 기억을 떠올리거나 시공간을 초월해서 작가와 감정을 공유하면서 즐거움을 느낀다. 작가의 경험이 소설이 되고 그 글을 통해 우리는 아득한 기억 너머의 일들을 다시 떠올리며 어린 시절을 그리워하기도 하고 부끄러운 감정을 느끼기도 한다. 이 책이 어릴 적 추억이 담겨 있는 오래된 서랍을 열고 그 시절의 꿈과 기억을 하나씩 꺼내보는 계기가 되길 바란다.

책이 완성되기까지 힘써 주신 홍정표 대표님, 김미미 이사님 그리고 임세원 편집자님께 감사의 말씀을 전하고 싶다.

2023년 여름
박은정

일본문학 컬렉션 05

오래된 서랍 속의 꿈

© 작가와비평, 2023

1판 1쇄 인쇄__2023년 11월 20일
1판 1쇄 발행__2023년 11월 30일

지은이__다자이 오사무·아쿠타가와 류노스케·나카지마 아쓰시·미야자와 겐지
        니이미 난키치·오가와 미메이·아리시마 다케오·유메노 규사쿠
옮긴이__안영신·박은정·서홍
펴낸이__홍정표
펴낸곳__작가와비평
      등록__제2018-000059호

공급처__(주)글로벌콘텐츠출판그룹
      대표__홍정표   **이사**__김미미
      편집__임세원 강민욱 백승민 권군오 **기획·마케팅**__이종훈 홍민지
      주소__서울특별시 강동구 풍성로 87-6
      전화__02-488-3280 **팩스**__02-488-3281
      홈페이지__http://www.gcbook.co.kr **메일**__edit@gcbook.co.kr

값 14,000원
ISBN 979-11-5592-313-9 03830